殺手的小星星變奏曲

Butler Pianist

朔小方 著

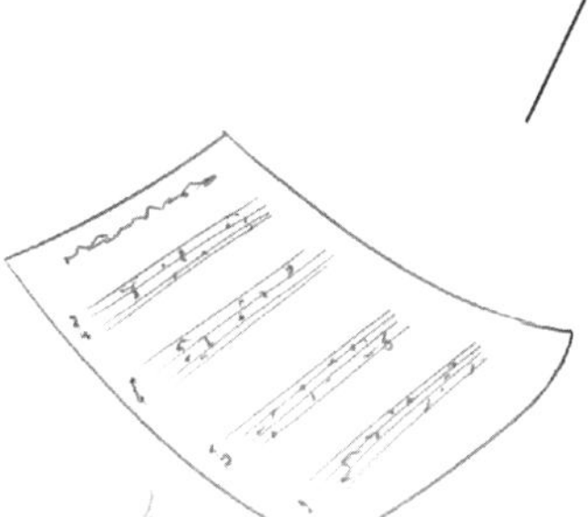

作者序

朔小方

「古典音樂」和「身體殘缺的主角」一直是我很有興趣的題材，之前寫過少根筋的吃貨音樂家、樂器擬人之類的故事，都是圍繞著這兩種主題去發揮。加上我本身很喜歡聽各種音樂，尤其趕稿時多半都聽古典音樂或 Bossa Nova 當 BGM，所以在著手寫這篇故事時，就順便選了一個可以推廣自己喜好的題材。這次趕稿過程中還聽了不少鋼琴曲，取材兼調劑身心（?），有種苦中作樂的 FU！個人喜歡的作曲家除了可說是沒人討厭的王道蕭邦，以及抒情風格濃烈的拉赫曼尼諾夫之外，還有德布西、蓋希文等，在故事中也可以看到這些曲子出現。其實還有很多想寫的曲子，不過本人非常缺乏專業知識不敢亂寫太多，大家如果有興趣可以找來聽聽看。

關於角色方面，蘇杞弦就是個傷春悲秋的音樂家，看似柔弱，卻有他堅強的地方。他也是個單純而且相信人性本善的人，即使被騙依然很容易相信陌生人。而關於弗萊迪，我其實非常羨慕有個賢慧伴侶來拯救我的居家生活！地方的作者需要老婆！仔細想想這兩人都是屬於心思細膩的類型（現在才發現），所以雖然成長背景差異很大，不過個性算滿合的吧？

故事的部分，我一直都是比較偏甜文路線的，尤其是療癒系，所以大家不用害怕，百分之九十都會是HE的！另外，作品中描寫了一下盲人在生活上會遇到的一些不便和困境，我查了一些資料後，發現現在科技真的很厲害，已經針對視障朋友研發出不少輔助產品了，不知道有沒有普及到台灣。

這部作品其實是比較早期寫的，在情節安排上和我現在習慣的風格不太一樣，在寫作過程中多次修修改改不用說，還經歷了朋友說我「H寫得比劇情自然很多」等種種打擊（？），然後因為隔了一段時間，修稿時我幾乎都忘了自己寫過什麼，常常前後矛盾，造成編輯的困擾真是不好意思……（跪）。總之，感謝不斷受到我各種騷擾、還不吝給予意見、幫忙挑錯的朋友們！另外也感謝為蘇杞弦取名的網友（←常常對外徵求角色名的取名廢）和POPO編輯高高！

很高興有出實體書的機會，讓我的猛男賢慧攻X纖細鋼琴家小受能正式和大家見面，特別感謝PTT大逼版版友和三次元好友們對我的支持鼓勵。希望大家喜歡這個故事，也希望我能盡快生出下一部作品，繼續為BL界貢獻一份心力（笑）。

二〇一六年十月　朔小方

楔子

長髮青年在荒野中踉踉蹌蹌地奔跑，姿勢詭異，完全沒有平時優雅的模樣。他的雙手被綁在身後，昂貴的衣服上沾了灰塵和血汙，神情驚惶。但蘇杞弦卻無暇顧及身上的髒汙和疼痛，他只想快點離開這個鬼地方，回到自己安全溫暖的家。然而舉目盡是荒煙蔓草，他的手機在幾天前就被搶走，現在完全不知自己身在何處。

他憑著直覺向前進，拖著虛軟的雙腿，在逃亡途中頻頻回頭張望，害怕歹徒跟上。不知道走了多久，他才見到一個路人，蘇杞弦忍不住加快腳步靠近。

「Help!-Please help me……!」

他用英文求救，盡力發出的聲音卻沙啞而虛弱，「我被綁架了，拜託帶我去警察局！」

那男人身穿工作褲像正要去農場，蘇杞弦靠近時，他不動聲色地把手放進口袋，打量來人好一陣才回答。

「上車，我帶你去。」

「謝謝！謝謝你！」

蘇杞弦感動得都快哭了，他隨著陌生男子走到一個類似穀倉的地方，矮房旁邊停了輛烤漆斑駁，但對蘇杞弦而言卻彷彿王子的白馬一樣閃亮的小貨車，正覺得終於要獲救了，一連串鞭炮般的巨響在耳邊炸開。

砰！砰！

身體來不及做出反應，那名好心路人連忙拉著他躲到車後，並從口袋掏出——手槍？！

一切彷彿慢動作，蘇杞弦腦中一片空白下被男人推上車，匆匆發動駛離現場。但後方狙擊的歹徒並不放過他們，一陣巨響後是天旋地轉，蘇杞弦從熾熱的車內爬出，高熱的橘紅火焰是他最後看到的色彩……

第一章

蘇杞弦從夢中驚醒。

安靜的房間只能聽見自己的喘息聲，他躺在床上，四肢疲軟，急促的心跳像擂鼓一樣重重撞擊在胸口，緊貼床單的後背因為冷汗濕成一片，很不舒服。然而他卻不敢動彈，直挺挺地躺在床上。

他不知道現在幾點了，是白天還是黑夜，他甚至無法分辨自己到底有沒有真的從噩夢中醒來……四周聽不到呼吸以外的聲響，而他的雙眼即使睜開也只能看到一片黑暗。

蘇杞弦是個盲人。

半年前他遭到不明人士綁架，當他好不容易逃出生天，追趕而來的綁匪卻朝他開槍，造成翻車和爆炸……蘇杞弦撿回一命，在醫院度過一段痛苦的植皮與療傷時期，外傷恢復良好，但因為高熱灼傷的雙眼卻再也無法重見光明。

更慘的是當時想救他的路人，據消防人員描述，在抵達現場的時候，除了那台漆黑破爛的小貨車之外，就只看到蘇杞弦一個人，並沒有找到另一名男子，也許是因為燃燒太過劇烈，連屍骨都化為灰燼。

他竟然連累了一個好心人以那種方式慘死。

從此之後，蘇杞弦的世界一分為二——清醒時是無盡的黑暗，睡著時則是真假難分的噩夢。蘇杞弦經常夢見被綁架毆打的情景，他被蒙著眼，四周傳來的嘲笑和辱罵聲令他憎惡又害怕；還有車子翻覆時的暈眩感、迎面撲來的火光……

蘇杞弦躺在床上，燦爛的陽光透過白紗窗簾照向他消瘦的臉，他的五官精巧，細長的眼型和直挺鼻梁、薄唇，湊成一張俊秀的東方人面孔；一頭蓬亂的黑髮散開在白色的枕頭上，扇形睫毛微微顫抖，反映主人內心的不安。他一直躺著直到房間外傳來一些聲響，才緩緩移動僵硬的身體，摸索著前往浴室洗漱。

失明以來已經過了半年，一開始即使是居住多年的家，也忽然變得寸步難行，現在終於稍微適應用觸覺和聽覺探索環境。但無邊際的黑暗和未知的前路仍讓他緊張不安，蘇杞弦已經很久沒踏出家門。

蘇杞弦扶著牆緩緩走進浴室，他現在已經能順利刷完牙，而不會發生把洗面乳當成牙膏的情形了。洗臉時他觸摸到臉上的疤痕，感到一陣焦躁和感傷。蘇杞弦拿起電動刮鬍刀，按下開關，卻沒有感覺到該有的振動，他皺眉又按了幾次，終於承認它可能是沒電了，無奈地摸著下巴的鬍渣走出浴室，再度感嘆自己優雅的鋼琴王子形象不復存在。

蘇杞弦的房子位在城郊，是一棟兩層樓的小別墅，和左右鄰居相隔了至少五百公尺，以免練琴時被投訴。原本他住在二樓主臥室，但自從失明後就搬到一樓客房，免去上下樓梯的麻煩。二樓還有一間書房兼工作室，除了電腦、高級音響外，還收藏了好幾把小提琴和大量CD。

蘇杞弦一走出房間，一股油煙味撲鼻而來，他的管家安娜哼著歌，在廚房為失明的雇主準備早餐。

「蘇先生，早安！睡得好嗎？」

五十多歲的婦人身穿圍裙，把蛋打進平底鍋裡，發出滋滋的聲音。

安娜是經紀人替他找來的管家，雖然有些粗心大意，做菜手藝也普通，但在經歷種種波折之後能遇到一個正常人，蘇杞弦已經謝天謝地了。

「早安，安娜。」

「親愛的……」婦人放下平底鍋，皺眉打量蘇杞弦，「你今天看起來更邋遢了，這樣可會把女孩子嚇跑的。不能因為沒出門就不修邊幅啊，年輕人！」

「刮鬍刀沒電了。」

「喔，等下找找看家裡還有沒有電池。」安娜說：「還有，客廳有一盞燈壞了，要找人來修理嗎？」

「……是不是有什麼東西燒焦了？」

「哎呀！」

廚房傳來一陣沖水、碗盤碰撞聲。蘇杞弦悶悶不樂地用指尖摳著桌布的花紋，暗自嘆口氣。

遲來的早餐果然也是差強人意，培根和麵包都烤焦了，荷包蛋裡甚至還吃到蛋殼。蘇杞弦內心充滿無奈，失明之後，他想聘請一位管家照顧自己的生活起居，因此委託經紀人幫他物色人選，沒想到卻是一連串噩夢的開始。

來應徵的人都自稱是他的樂迷，真假尚且不論，當他們發現雇主是個生活富裕的瞎子後，就紛紛動起了歪腦筋。偏偏蘇杞弦對音樂以外的事都有點漫不經心，常把現金和貴重物品亂放，心志不堅的人在順手牽羊後，發現蘇杞弦沒留意，便變本加厲偷走他昂貴的家具和樂器、把他的車開去典當，或是擅自帶朋友回來開轟趴、在他家床上召妓亂搞。最扯的一次是第四任管家找到提款卡後，竟拿刀威脅蘇杞弦說出密碼，蘇杞弦嚇得都快尿出來了……

短短半年，他已經換了超過十個管家，次數多到連保險公司都開始懷疑他是不是自導自演，詐領保險金。而他的前任員工們都無法跟他好聚好散，解雇之後大多進了牢房。

蘇杞弦覺得自己簡直能改行當作家，出一本書叫做《我的奇葩管家們》。他原本以為花高薪聘請來的員工會為他盡心盡力，畢竟在他遭遇綁架事件之前，覺得世界大部分的人都是良善的，沒想到人性如此經不起考驗——他在目盲之後，才真正看到這世界真實而醜惡的一面。

「蘇先生，所以燈泡要怎麼辦呢？」

「叫水電工吧。」

「哎，太浪費錢了，都是些小東西而已。」安娜在一旁道：「剛好我姪子最近來我家，我讓他過來看看好了？」

「……隨便吧，妳處理就好。」

食不知味地吃完早餐後，他來到和客廳用拉門相隔的琴房，打開那台價值不菲的義大利 FAZIOLI 訂製鋼琴。蘇杞弦撫摸鋼琴側面精緻的花紋，要不是因為鋼琴笨重又難搬運，恐怕早就被那些前任管家們拆去賣了吧！

蘇杞弦彈了幾個音階和琶音活動手指，又彈了幾首練習曲，才開始正式練習。他彈了貝多芬C大調第二十一號鋼琴奏鳴曲《華德斯坦》。那是貝多芬獻給他的贊助人華德斯坦伯爵的曲子，又名「曙光」、「黎明」。當時貝多芬的耳鳴日漸嚴重，無法醫治，然而在絕望中他卻寫下華麗又洋溢著勇氣、光明的旋律，顯現不服從命運的鬥志。急促的音符充滿激越情感和行動力，蘇杞弦將自己對光的記憶、音樂的熱情寄託在琴聲中，修長的手指在八十八個黑白鍵上飛舞跳躍，按出複雜的和弦，令人難以相信他是個全盲的視障者。

上星期唱片公司告訴他有個演出機會，問蘇杞弦要不要參加，甚至讓他自行選擇熟悉的曲子表演。蘇杞弦當然很想上台，卻遲遲不敢答應。失明以來，無論在生活上，還是音樂事業上，他都經歷了很大的挫折。雖然大部分鋼琴家都不需要看鍵盤，但「不用看」跟「看不見」在心理上還是有很大的落差。

他很害怕自己無法順利完成表演。

白皙修長的手指用力敲著鍵盤，彈出貝多芬對命運的悲憤，卻彈不出結尾的光明。蘇杞弦心裡想著：Life is suffering 啊，活著就是折磨。

他一直練到午餐時間快結束時，忽然一陣食物的香味傳進鼻腔，讓他忍不住停下練習。蘇杞弦微微仰起下巴，貪婪地嗅著空氣中熟悉的味道。

醬油，還有蔥……是安娜在做菜？但這味道明顯不是西餐！

他聽到廚房隱約傳來細碎的交談聲，想起剛才練琴時好像有誰來了，應該就是安娜說的姪子吧？把人口水都要勾出來的香味像條線，拉著蘇杞弦走向餐廳，還害他差點被椅子絆倒，幸好一隻有力的大手即時拉住他。

黑髮青年下意識抓住對方，一臉困惑，順著那明顯不屬於女性的手臂往上摸，捏了捏鼓起的二頭肌和寬闊肩膀，壯實得很，又順著鎖骨往上摸，對方的呼吸急促起來……

「蘇先生，怎麼了？」安娜的聲音從後方傳來，「這就是我姪子，弗萊迪，早上跟你提過的。」

「你好。」

對方的聲音從上方傳來，有些沙啞。蘇杞弦驀然縮回手站直身體，後知後覺地意識到自己半靠在一個陌生男人懷裡，還摸了對方許久。

「你是安娜的姪子？」

「是，我叫弗萊迪．曼森。」

……怎麼取了個殺人狂的名字。蘇杞弦在心裡嘀咕。

「蘇先生，快來嚐嚐，我姪子做的中國菜可好吃了！」

「是炒飯？」

蘇杞弦不自覺睜開眼，弗萊迪因此看見那雙已失去視物能力的眼睛，眼瞳是深褐色的，雖然沒有焦距，仍無損俊美。

「對，炒飯。」

身穿圍裙的男人身高將近一百九十公分，褐色頭髮理得很短，五官深邃的臉面無表情地俯視著蘇杞弦。安娜催促著她的雇主坐下，蘇杞弦難掩期待，拿起湯匙勺起盤裡的東西，嗅了嗅，放進口中。

「……！」

旁邊的兩人不用問就知道蘇杞弦是滿意的。安娜似乎第一次看見蘇杞弦如此胃口大開的樣子，暗想「果然中國人還是喜歡吃炒飯」。

黑髮青年很快吃下半盤炒飯，彷彿很久沒好好吃過一頓飯，感動得都要哭了。

「吃慢點，我還做了其他的。」

聽到有什麼東西放到面前面前，蘇杞弦手探過去，卻被碗燙了一下，縮回手，表情不自覺流露出一絲委屈，模樣特別可憐。

「等等。」

弗萊迪端回廚房換了一個材質較厚的碗，試了溫度後才放回蘇杞弦面前。

蘇杞弦吹了吹，把嘴湊過去，嚐了一口。

——竟然是酸、辣、湯！

湯汁帶點濃稠，豆腐和蛋花伴隨熟悉的酸味滑入喉中，蘇杞弦一邊吹氣一邊啜飲著酸辣湯，心裡正在盤算要怎麼留下這名優秀的廚師，就聽見安娜開口。

「弗萊迪，等一下你幫蘇先生除個草吧？外面庭院的草都長了。」

「好。」

「還有客廳的燈……牆角的蜘蛛網……」

那沙啞低沉的聲音一一應下，在蘇杞弦用餐期間，安娜指使她的姪子修理東修理西，爬上爬下，家事告一段落後，婦人感慨地開口。

「哎呀，家裡果然還是要有個男人！」

「……」所以我／他不是嗎？

蘇杞弦和弗萊迪同時無言以對。像是察覺氣氛不對，婦人連忙笑道：「蘇先生，剛好我姪子最近在找工作，要不要讓他來幫你忙？他很能幹的，而且剛剛你也嚐到他做菜的手藝了。」

「……你在找工作？」還真是想打瞌睡就有人送枕頭。這麼剛好？蘇杞弦有些懷疑。

「是。」

「你之前的工作是……」

「廚師。」

這男人的回答還真簡短，跟他的姑媽安娜一點都不像，蘇杞弦暗想，並注意到他的聲音沙啞得不太自然。

「你的聲音怎麼了？感冒？」

「……火災，受傷了。」

蘇杞弦心中一動，忽然想起那場讓自己失明的爆炸，有些悵然。

「蘇先生，不如偶爾讓弗萊迪過來幫忙吧？我跟他輪流，這樣我也能休息幾天。」

「可以算時薪給我。」那男人用沙啞的聲音說：「但我希望能包食宿。」

「你要……住在這裡？」

「如果可以的話。」

蘇杞弦有些心軟，想到對方同樣是火災受害者，但之前遭遇的種種竊盜事件又讓他猶豫，最後決定先讓他「試住」一星期，和安娜一起分擔家事，照顧他的生活起居。

☆

蘇杞弦，Chi-Shen Su，二十七歲，是一位頗有名氣的旅美音樂家，但也有人把他歸類成「流行偶像」。和許多有音樂天分的人一樣，他在幼時入圍過幾個國際型比賽，在台灣完成國中學業後，蘇杞弦就遠赴德國漢諾威音樂學院學習鋼琴和作曲。為了成為專業演奏家，蘇杞弦非常努力，在同年齡朋友們還在懵懂玩樂時，他已經坐在鋼琴前把同樣的樂句彈了五十遍，但即使如此，在這個崇尚神童的業界，永遠都不乏「五歲學琴、八歲作曲、十歲跟交響樂合奏」的天才。古典樂界原本就是小眾，競爭者更是來自世界各地，永遠不乏比你更優秀、年紀更小的人。

蘇杞弦不是沒想過放棄，從音樂學院畢業後，他也經歷了一段毫無工作的時期，對未來非常茫然，覺得自己窮極一生的努力都不會有結果，渾渾噩噩了一段時間。直到一個寫劇本的朋友介紹他擔任一齣電視劇的配音，雖然劇中風流的女鋼琴師是虛擬的，但在幕後演奏的蘇杞弦卻是貨真價實的鋼琴家，加上年輕俊秀，忽然間就名氣大漲，他在 Youtube 的頻道訂閱短時間就多了好幾萬名追蹤者，也開始有了演奏邀約。

而讓他賺到第一桶金的則是從學生時期以來，以動物為主題陸續創作的曲子，這些自創曲後來被選為生態影片的配樂，蘇杞弦因此出了專輯，正式躋身成為專業作曲家。

蘇杞弦當時才二十一歲，他留著一頭過肩直髮，長相俊美中性，雖然有著東方人的精緻五官和皮膚，一開口卻是流利的英文和德文，令人印象深刻，特別受電視節目歡迎。

他總是穿著樣式古典的西裝、法式襯衫、配戴花俏的袖扣，就像從維多利亞時代走出的紳士一樣優雅體面。許多有實力卻默默無聞的人，需要的就是一個成名的契機，或是適合的包裝，且無論在哪個行業，長相好的人就是討喜，蘇杞弦就是這樣的幸運兒。

但就在他名氣日漸高漲，逐漸邁向理想中的生活時，竟發生綁架事件，讓這一切都戛然止步。

蘇杞弦被綁架並傷及雙眼的消息經由媒體大肆報導，成為好一陣子的話題。而身為名人的壞處就是當他還沒放棄治療，全世界就已經認定他是個瞎子了。燙傷治療結束後，他為了眼睛換了好幾間醫院，卻還是無法重見光明。這名正要開始起飛的年輕音樂家就這樣成了一個瞎子。

曾經被譽為「亞洲鋼琴王子」、「台灣之光」的蘇杞弦消失在舞台和螢光幕前，進入無限期的療養中。媒體不停聯絡唱片公司想採訪蘇杞弦的「失明心得」；樂迷們紛紛在他的影片下留言，有人惋惜、有人為他打氣，然而這一切……他都已經看不到了。

黑髮青年坐在鋼琴前，漫無章法地彈奏蕭邦練習曲 Op.25 No.11，向下行走的音群就像一盤散沙或破碎的落葉，充滿不祥的氣息，像在宣告悲劇即將開場。右手快速地在鍵盤上平移，彈出華麗的小調音階，左手則沉重地敲出主旋律。這首練習曲難度很高，後人將之命名為《冬風》。

蘇杞弦白皙修長的十指宛如有自己的生命一樣，在琴鍵上飛躍跳動，優美的旋律在挑高寬敞的客廳中迴響，只是偶爾會參雜幾個聽起來有點突兀的音……

咚！

又彈錯了。

蘇杞弦停頓片刻，靜下心來從前一個樂句開始彈……

咚、鏘！

他的手指又一次在大幅度跳躍的時候放錯位置，同樣的地方蘇杞弦又重彈了一次……再一次……

砰！

旋律驀然中斷，蘇杞弦生氣地抬起手，握拳，卻終究沒有敲在鍵盤上。這動作讓他想起過去自己在演奏結束後抬起手，如雷的掌聲響起，久久不散的情景……回想起大大小小的演奏經驗，雖然也曾有過台下不滿二十人的情形，但近年來由於蘇杞弦名氣漸盛又常上節目，他的音樂會票房都很不錯，在大城市甚至一票難求。

……然而，現在的他，卻連一場小演出都要考慮良久。

「蘇先生，你沒事吧？」

一陣鈴鐺聲由遠而近趕到，是安娜的姪子，那個名字和殺人魔一樣的男人。弗萊迪雖然身材高大，走路卻像貓一樣來去無聲，好幾次嚇到蘇杞弦，因此他就戴了一小顆鈴鐺在身上，走路時會發出聲響，雖然細微，對蘇杞弦而言已足以辨識位置。

弗萊迪拿著抹布走來，正好看到蘇杞弦洩憤般用十指在鋼琴上按了兩下，敲出兩個不和諧音。

「……怎麼了？」他問。

「怎麼了？你看不出來嗎！」蘇杞弦低吼。

弗萊迪沉默片刻，上下打量他，除了感覺他很生氣之外，還真看不出什麼問題。

「我瞎了！這就是問題所在！」

那穿著睡衣的邋遢青年砰地拍了下琴鍵，起身想逃回房間，卻被椅腳絆倒在地。

「你沒事吧！」

見蘇杞弦摸索著地板，弗萊迪連忙扶起他，卻發現那張蒼白的臉上，眼角竟閃爍著水光。弗萊迪一愣，這是摔得太痛了嗎？

「別碰我！」

蘇杞弦揮開他，高大的男人一臉莫名，只得退到一旁。蘇杞弦心亂如麻，踉踉蹌蹌走了幾步摸不清方向，一會撞到客廳桌子，一下撞到牆壁。那彷彿無頭蒼蠅的動作十分滑稽，但弗萊迪沒有笑，只感覺無限同情。

「你要去哪裡？我帶你去。」

「回房間……」

說完，蘇杞弦更加悲憤，不僅鋼琴彈不好，連這點小事也辦不到。他還能做什麼，人生還有什麼希望？

蘇杞弦曾經看過一部以盲人鋼琴家為主角，改編自真人真事的電影，片中主角在就讀音樂系的時候遇到種種困難，從宿舍走到教學大樓都要來回練習好幾次才能獨自行走；他無法和其他同學一起筆試，需要老師另外想辦法。印象最深刻的是當他得到鋼琴比賽冠軍，其他參賽者卻說是裁判同情他，要不是因為他是個瞎子，絕不可能得第一名。

在看電影時，蘇杞弦還深感同情，沒想到自己有面臨同樣局面的一天。治療燙傷期間，經紀人帶他跑了好幾間醫院檢查眼睛，每一次聽到檢查結果，都好像又被宣告一次死刑。

蘇杞弦永遠記得出院後第一次彈奏鋼琴的情景。身為一個職業演奏家，他本來就可以不看鍵盤演奏，光靠手指間距的慣性彈出正確的和弦，但也許是心理壓力的緣故，那些曾經耗費許多心力和時間練出來的高難度曲子，如今平均每四小節就會出現失誤，一旦彈錯，蘇杞弦就會陷入恐慌，好像永遠找不到正確的鍵，迷失在八十八個黑白鍵之中。

他當時就傻住了，在鋼琴前呆坐了十幾分鐘，感覺二十多年來的努力和訓練全都化為烏有，好像連自己唯一的天賦也跟著視力一起被剝奪。

蘇杞弦趴在床上流淚，剛才分崩離析的樂句在腦中迴響，他覺得自己的未來也是一片黑暗，永無黎明的一天。

但他心中還牽掛著一件事，在解決之前，他必須苟延殘喘地活下來。

蘇杞弦不知道在床上躺了多久，就這麼睡了過去，直到敲門聲將他驚醒。

「蘇先生，晚餐好了。」

不知為何弗萊迪一直想到蘇杞弦剛才跌跌撞撞的樣子，他站在門口，打算帶他失明的雇主去餐廳。過了一會兒房門打開，他看出蘇杞弦緊閉的眼皮腫起來，鼻子也紅紅的。弗萊迪伸手，在觸碰到蘇杞弦手臂時對方嚇了一跳，全身一顫。

「幹什麼？」

弗萊迪一愣，才意識到自己不該毫無預警地碰他，「我帶你去餐廳。」

蘇杞弦沒有回答，露出一個難以言喻的複雜表情，但他確實餓了。猶豫了一下，他微微抬起右手。

弗萊迪不解地望著他。

「你不是要扶我？」蘇杞弦不耐地說。

「喔。」

褐髮男人恍然大悟，抓起蘇杞弦的手放在自己的臂彎上，緩步走向餐廳。

正在擺放碗盤的安娜見他們並肩走來，發出笑聲。

「你們兩個在幹嘛，是要去參加高中畢業舞會嗎？」

蘇杞弦一愣，才發現自己就像個女伴一樣挽著他的新男傭。他莫名尷尬起來，連忙手忙腳亂地坐下。手臂上的溫度驟然消失，弗萊迪不知為何有點遺憾。

「好香。」

「弗萊迪做了咖哩飯跟味噌湯，你嚐嚐看。」

餐桌上的食物散發著熱氣和誘人香味，咖哩聞起來加了香料，看來是印度風味。蘇杞弦摸向餐桌，就聽見那男人沙啞的聲音響起。

「湯匙在盤子右邊。我口味沒有放很重，如果不夠辣，盤子左邊有辣椒醬。」

蘇杞弦依照指示順利摸到餐具和辣椒瓶，不知為何心情感覺好一些。加了薑黃等香料的咖哩雞飯非常好吃，吃完還能來碗味噌湯緩和留在味蕾上的刺激。蘇杞弦必須承認，在沮喪時品嚐合心意的美食，的確很有療癒效果。

「要喝奶茶嗎？」

竟然連印度奶茶都準備了，服務相當周到。

安娜望著蘇杞弦滿意的表情，稍微放下心來。

蘇杞弦吃飽喝足後，心情平復不少，想了想，又回到鋼琴前，重新彈了稍早前的練習曲。一聽到鋼琴聲，弗萊迪不禁佩服，原來專業的音樂家是這麼認真練習。

「幸好這裡和其他的房子離得遠，如果我住他隔壁，一定天天都想叫警察。」

安娜一邊擦桌子，一邊嘀咕。

弗萊迪笑了笑：「他很厲害……」

「可不是嗎？他遇到意外那時候，我還從電視上看到報導，有一大群女生圍在醫院樓下哭，叫他加油。」

「他……很有名？」

「你去 google『亞洲鋼琴王子』就知道了！」安娜瞪他一眼，壓低音量，「用心點，我看他挺喜歡你的，難得有包吃包住的工作，你要好好幹！」

「謝謝妳，安娜。」

兩人在餐廳閒聊的期間，蘇杞弦一遍又一遍地彈著練習曲。他把速度放慢，在彈奏過程中特別留心雙手移動的位置、幅度與指法，成果似乎不錯，比剛才穩定許多。

蘇杞弦鬆口氣，感覺人生又有了希望。

收拾完廚房，安娜就開車回家了。弗萊迪坐在沙發上端著一杯咖啡，欣賞亞洲鋼琴王子的演奏。客廳和琴房相通的拉門打開，他可以看到黑髮青年搖頭晃腦的身影，即使穿著鬆垮的睡衣，頭髮散亂，但蘇杞弦一彈起鋼琴來，就像自帶了優雅光環，氣質逼人。

彈罷，蘇杞弦循著咖啡的味道來到客廳，摸索著在沙發坐下。

「傑森。」

……誰啊！

弗萊迪沉默，他都來一個禮拜了，蘇杞弦還是記不住他的名字，老是用其他殺人魔的名字叫他，不知道是不是故意的。

「你覺得如何？」

「什麼？」

「剛才的曲子，你覺得如何？」

「我……我不太懂古典音樂。」弗萊迪微微緊張起來，蘇杞弦會因為這樣對他印象扣分嗎？

「這首蕭邦的練習曲，後人取名為《冬風》。」蘇杞弦輕聲解釋，「我剛到德國念書的時候，指導老師建議我練這一首，那時候我總覺得越彈越冷，尤其是被老師罵的時候……」

當時的他不過十六歲，音樂學院中有好幾個小小天才留學生都有母親陪同過來照顧，蘇杞弦內心相當羨慕，然而那時他遠在台灣的爸媽正在鬧離婚，沒有人在意他在異鄉有沒有吃飽穿暖。

「我的老師是德國人，有時候我連他罵我的話都聽不懂。那時我才十六歲，常常躲在房間裡哭。」

就像剛剛那樣。弗萊迪心想，彷彿看到瘦弱的黑髮少年，一個人哭完又坐回鋼琴前紅著眼睛練習的畫面，望向蘇杞弦的眼神柔和起來。他自己沒什麼目標和夢想，這樣的蘇杞弦在他眼裡，乾淨純白得像會發光。

「雖然我不太懂，但我覺得你很厲害。」弗萊迪由衷地說。

蘇杞弦苦笑。「我現在彈得比十八歲的時候還差，你說我該怎麼辦？除了彈琴，我什麼都不會，唉……」

弗萊迪注視著沮喪的雇主，不知該如何安慰他。他對古典音樂一竅不通，在來到這裡之前從來沒聽過現場演奏，更沒接觸過鋼琴或任何樂器，他以前總覺得那是有錢人的玩意兒，吃飽太閒才會去學的。

猶豫片刻，他開口：「要喝熱牛奶嗎？給你加點蜂蜜？」

蘇杞弦眼眶一熱，新愁舊恨一下子全湧上來，他抿唇表情有些委屈。弗萊迪笨拙地伸手拍拍黑髮青年瘦弱的肩，他生長的環境從來沒遇過蘇杞弦這樣的人，柔弱得像隻眼睛還沒睜開的小奶貓，一不注意就會被弄死，令他不由得小心翼翼起來。

「會好轉的。」

弗萊迪心情有些複雜。

☆

目測約一百九十公分的短髮男人穿著一件淺灰色上衣，柔軟的布料勾勒出胸肌線條和寬闊的肩膀，充滿陽剛氣息。半挽起的袖口露出一點凹凸不平的傷痕，明顯是燒傷所致，一直延伸到衣服底下。高大的男人推著購物車，和不及他肩膀的老婦人站在一起，偶爾拿起一包菜或肉討論，奇妙的組合和溫馨氣氛引人注目。

弗萊迪拿起一包紅蘿蔔，問：「蘇先生喜歡這個嗎？」

「吃吧！他不太挑食，我做的東西他都吃！」

弗萊迪想起蘇杞弦偷偷跟他抱怨安娜廚藝的事，暗自好笑。

「蘇先生感覺還是比較喜歡亞洲食物。」他暗示著。

「是啊。你來了之後，我輕鬆不少，終於能放幾天假了！」安娜回答：「蘇先生就連烤個麵包都會燒了廚房。」

「這……」弗萊迪原本僵硬的嘴角揚起一絲笑意，「這也不能怪他。」

「別買太多零食，他會吃不下正餐。啊，他最喜歡這個口味。」安娜拿起一盒芒果口味的冰淇淋，放到購物車裡，「總之，你就這樣好好做下去，蘇先生人挺大方，說不定你還可以存點錢。」

安娜想起遇見弗萊迪的情景。上個月她才剛提領一筆錢，在街上就遇到搶劫，正大呼小叫地追著搶匪時，一名原本坐在路邊的「街友」站起身，見義勇為地追過去，那小偷見追來的男人模樣凶悍，果斷拋下皮包落荒而逃。安娜非常感謝這名年輕力壯的流浪漢，後來又在同一條街上遇見他兩三次，忍不住搭訕弗萊迪。在知道他是一名廚師，正在找工作後，就以自己姪子的名義把他介紹給蘇杞弦。

「蘇先生是一個好雇主。」弗萊迪回答。

「是啊，有空你帶他出來走走吧。年輕人老是悶在家裡，整天唉聲嘆氣的……」

弗萊迪沒有回答，若有所思。

☆

廚房傳來窸窸窣窣的聲音，看來是弗萊迪和安娜購物回來了。自從弗萊迪來到家裡後，生活品質提升不少。那男人手藝很好，讓原本食欲不振的蘇杞弦開始期待每日的用餐時間；弗萊迪很細心，最令蘇杞弦滿意的是他不多話，又能代替自己應付安娜的嘮叨。

也許是因為心情好了些，原本練琴時總覺得死馬當活馬醫，這幾天倒是特別有幹勁，一邊回想學生時代老師的建議，一邊耐著性子慢慢練習。蘇杞弦很希望能重新回到舞台，他想答應那個演出邀約，但他很久沒出現在人群面前，有些畏懼。

蘇杞弦坐在鋼琴前彈著蕭邦的練習曲，即使失明已經半年，他仍在克服看不到鍵盤的恐懼。除此之外，他也很擔心無法學習新曲，用點字閱讀樂譜非常困難，以往就算是第一次接觸的曲子，他也能直接視譜演奏出七八成，如今……

蘇杞弦有些迷惘，他到底該不該繼續彈琴？還是乾脆專攻創作，例如往電影配樂或流行音樂作曲發展？他有些同學都轉行或改走流行音樂了，古典音樂在歐洲一直很受歡迎，但在其他國家通常叫好不叫座，CD也難賣，要純粹靠演奏古典音樂賺錢非常難。

即使他沒受傷，要成為一流演奏者也相當困難，但他一直有個夢想，總有一天要成為舉世聞名的鋼琴家。

他彈奏著Op.25 No.12《海洋》，連綿不絕的十六分音符高潮迭起，一波接著一波，飛快跳躍的手指呈現出鋼琴家內在澎湃的心緒。蘇杞弦彈了幾次，覺得聽起來似乎還可以，於是打算用手機錄下來傳給經紀人和之前的老師。

怕干擾到他，回來後弗萊迪並沒有馬上戴上鈴鐺。他幫蘇杞弦錄音，站在一旁屏息以待。開始錄音後蘇杞弦有些緊張，彈錯了幾個音又重來，短短一首兩分多鐘的曲子錄了將近半小時，就連弗萊迪也快抓狂，畢竟他根本聽不出差異，只覺得琴聲轟得他有點耳鳴。

重來N次後，他的雇主終於站起身，神情看起來不太滿意地闔上琴蓋。蘇杞弦接過手機走上樓，打算用耳機聽聽看錄音成果，挑一首最滿意的寄出去。弗萊迪擔心地跟在他身後，直到送蘇杞弦進書房，才回身開始自己的工作。

第二章

弗萊迪最近一直在看與盲人照護有關的資訊，打算給蘇杞弦一個驚喜。

他進到蘇杞弦房間內的浴室，挪開原本雜亂的衛浴用品，把一個不鏽鋼三層架固定在牆角，再依序將瓶瓶罐罐放回去。做完這些，他環視蘇杞弦的房間，想把一些容易擋路的家具搬出去，又怕蘇杞弦不適應，便用今天買回來的泡綿墊包住尖銳的邊邊角角，雖然不太美觀，但他覺得蘇杞弦應該不會介意。

弗萊迪剛來到這個家的時候，總覺得哪裡不太對勁。安娜是個家事能手（雖然廚藝普通），但並沒有考慮到蘇杞弦剛成為視障者所要面臨的種種問題。弗萊迪也是經過觀察和上網搜尋資料後，才稍微有所體會。

他花了不少時間「包裝」好客廳和房間內看似危險的家具，然後把新買的幾件衣服洗好、烘乾，放在蘇杞弦床上。

「我稍微整理了你的浴室。第一層是臉部用品，有卸妝油、洗面乳和刮鬍泡；第二層是頭髮用品，矮的那罐是護髮用，反正別擦在臉上；第三層是沐浴乳。肥皂在這邊。清潔劑我都收起來了，在櫃子裡不要拿。」

弗萊迪拉著蘇杞弦的手，依序摸向他所說的位置。蘇杞弦一時還反應不過來，表情呆愣，直到被拉出浴室，那低沉沙啞的聲音說幫他買了新衣服，可以當睡衣。蘇杞弦摸著手中質料柔軟的T恤，慢慢意會過來，除了感動之外又有些羞恥。

——弗萊迪給他買的全是沒有鈕扣的衣服。

原來只要一點改變，就能解決他困擾已久的難題。那些瓶瓶罐罐長得太像了，而且他根本不記得哪些味道是洗髮精或沐浴乳，看來以後他不會再發生拿廁所清潔劑往身上潑的慘劇了，上次的失誤不但害他掉了不少頭髮，消毒水的味道更是久久不散，害他差點中毒了。

……幸好不是拿到鹽酸。

弗萊迪把電動刮鬍刀換上新電池，「你現在要洗澡嗎？刮鬍刀的電池我換好了。」

蘇杞弦摸摸自己剃得像癩痢頭的下巴，有些羞愧。見狀，弗萊迪竟然也伸出手，在他臉上摸了一把。

「需要我幫忙嗎？」

「不、不用……」

待弗萊迪離開後，蘇杞弦才回過神來——剛才那是怎樣？是在調戲老闆嗎？！

即使莫名被調戲了一把，蘇杞弦依然愉快地走進浴室，哼哼唱唱地，直到洗完澡心情都很好。然後弗萊迪了解到一件事——

原來鋼琴天才，唱歌也是會走音的！

☆

手機響起，蘇杞弦一驚，接起手機。

「喂，蘇先生？」電話中傳來一個成年男性的聲音。

「啊，布魯克先生……」

「對，是我。跟你報告一下目前的進度。上個月有人去過那棟房子，但是只在門口張望，我已經把影像截下來了。」

蘇杞弦不由得屏住呼吸，「他們看起來怎樣？是他的家人嗎？」

「看起來二十幾歲，有兩個人，都是男性，也許是他的朋友。」對方語氣有些為難，「蘇先生，那個地方非常偏遠，我也沒辦法時時注意監視器畫面……說實在的，要完成任務恐怕……」

「你把我的聯絡方式貼在門上了嗎？」

「有，兩個月前就貼了。他們好像有人拿手機拍了下來。因為監視器角度在他們背面，看不太清楚。」

「那……你把影片傳給我吧，我想想辦法。」

「蘇先生，我覺得你還是把聯絡方式撤下來吧！」布魯克真心不能理解這個客戶怎麼這麼傻，明明自己也是受害者，還一心想賠償別人。

「不……」

「只要用網路隨便一查你的名字，就知道你是誰了，你不怕被人詐騙嗎？」

「我、我必須找到那個人，或是他的家人。」

蘇杞弦心情大起大落，就像搭乘雲霄飛車一樣。他緩緩放下手機，躺回書房的地板上。這是二樓最大的房間，除了整面的書櫃、CD櫃，環繞音響外，還有一個和書房相連的房間，專門用來收藏小提琴和琴譜，由於曾經遭竊，蘇杞弦特地裝了鎖，反正他現在也很少打開。

音響中傳來悠揚低沉的大提琴曲，偶爾穿插細微的鈴鐺聲。弗萊迪似乎在一樓四處走動，感覺很忙碌。想到對方也許又要給自己什麼驚喜，蘇杞弦心情好轉一些。他很滿意這個新來的管家，不多話又能幹，最重要的是常常讓他覺得很貼心。

一下樓，就聽見弗萊迪低沉的聲音。

「蘇先生，一樓快弄好了，你來試試看。」

蘇杞弦疑惑地踏下樓梯，卻踢到什麼，嚇了一跳。那東西微微高出磁磚地板，但高度不至於絆倒他；邊緣圓滑，像海綿一樣有彈性。蘇杞弦用腳趾戳了戳，一時想不起來這是什麼。他一臉疑惑地讓弗萊迪抓著他的手臂，帶他踩上剛才踏到的東西，那平坦帶點柔軟的墊子不斷延伸……

「這是琴房，」弗萊迪虛握著黑髮青年的手臂，帶領他順著自己剛鋪好的巧拼墊行走，「往前走是客廳，交叉的地方我在墊子上做了記號，感覺得出來嗎？這裡是往沙發，直走可到餐廳，旁邊是你的房間。」

蘇杞弦忽然懂了，內心十分激動。弗萊迪竟然為他鋪了一條「導盲磚」，只要走在巧拼墊上，他就不用擔心撞到東西，也不需要扶著牆。弗萊迪帶著他在一樓走了兩圈，然後放開手，讓蘇杞弦自己試著前進。

黑髮男人閉著眼，雙頰微微泛紅，一開始還有些不肯定，到後來就越走越快，興奮得不得了。

蘇杞弦好像很久沒像這樣能毫無恐懼地行走，他發現能自由走動是一件如此幸福的事。他來來回回從房間走到客廳、繞過沙發走回琴房，直到弗萊迪攔下他。

男人眼中隱隱帶著笑意，「還滿意嗎？」

「加薪！」

蘇杞弦激動地喊，然後聽到身後傳來低沉的笑聲，讓他更為愉快。

「安娜回去了？」

「對，她想休息兩天，她沒跟你提過嗎？」

蘇杞弦聳聳肩，不太記得有沒有這件事。他走到沙發坐下，弗萊迪拿了一盒冰淇淋放到蘇杞弦面前。

「冰淇淋，要吃嗎？」

「嗯。」

蘇杞弦摸了摸冰涼的小盒子，笑了起來。弗萊迪一怔，這是他第一次看到蘇杞弦毫無陰霾的笑容。這男人很瘦，及肩的黑髮有些參差不齊，據說是自己剪的。半年多不見天日的生活讓他蒼白得像個吸血鬼。但此時白皙的臉頰卻因為興奮而微微泛紅，看起來生氣蓬勃。

「那這兩天就只有我們了。」

「對。」

弗萊迪靜靜打量他。和蘇杞弦住在一起感覺很舒服，也許是他本來就很嚮往擁有這樣一間小別墅。蘇杞弦的家空間不算大，不是前面有噴水池的那種豪宅，卻充滿溫馨的生活氣息。

冰涼甜蜜的滋味在口中擴散，是芒果口味的。蘇杞弦心想，他果然得把弗萊迪留下來。

「聽說你之前在餐廳工作？」

「……對，義大利餐廳。」

「在市區的嗎？」蘇杞弦努力回想自己吃過的義式餐廳。

「對，很小一間，但是已經倒了。」

弗萊迪像是不太想談論這個話題，回答都很簡短，也有可能是個性使然。

「你幾歲了？」

「三十二。」

「比我大了五歲……」

弗萊迪難得開了玩笑，「你看起來很年輕，就像高中生一樣。」

而且是女高中生。

蘇杞弦彎起嘴角，「你打算在這裡工作多久？」

「……我沒想過這個問題。」

蘇杞弦頓時垮了臉。弗萊迪了覺得好笑，這個人想什麼都寫在臉上。

「如果蘇先生願意繼續雇用我，我就一直待下去。」

眼前的青年果然又高興起來。弗萊迪望著他，眼神不自覺地變得柔和。

「跟你打個商量吧？」

「請說。」

蘇杞弦想了想，左手大拇指腹摩娑著其他手指的指甲，「你想不想聽我拉小提琴？」

「……啊？」

「就是，」蘇杞弦有點羞赧地說：「其實我也會拉小提琴，只是因為指甲長了，很久沒有練習了……如果你可以幫我剪指甲，我可以拉給你聽。」

弗萊迪站在廚房思考片刻，扭扭捏捏講了這麼多，其實意思就是想叫他幫忙剪指甲對吧？

聽不到回答，蘇杞弦微微紅了臉，「不要就算了！不懂欣賞音樂的殺人魔！」

弗萊迪哭笑不得，不懂他的雇主怎麼又生氣了，果然是青春期少女嗎？

「我沒說不願意，我要找找指甲剪放在哪裡。」弗萊迪放軟音調，哄著他。

「好吧。」

蘇杞弦勉為其難點點頭，卻循著鈴鐺聲跟在弗萊迪身後。男人一邊小心不要撞到他，一邊收拾桌子，覺得有點好笑，他搖搖頭，擦了下手轉身去找指甲剪。

蘇杞弦坐在白色的地毯上，一聽見他走近，就朝他伸出手，像是期待他屈膝親吻自己的手背一樣，還順帶高傲地抬起下巴。他的手很漂亮，手指很修長，骨感而蘊含力度。

弗萊迪輕輕握住他的手，坐下後靠近一看，就發現蘇杞弦的表情有點緊張，被金屬的指甲剪碰到手指時還顫抖著聲音開口。

「小心點，別剪太多肉喔。」

弗萊迪差點就笑出來了，忍著笑回答：「嗯，那剪一點點就好。」

聽出對方語氣中的調侃，蘇杞弦不悅地說：「我上次就剪到手了！還流了很多血！害我一個禮拜都不能好好練琴！」

「我會小心。」

雖然明知對方看不見，弗萊迪還是努力壓下嘴角，格外小心地幫他的雇主修剪指甲。他是第一次做這種事，心情卻異常愉悅。也許是蘇杞弦明明不安卻硬要裝出一副高姿態的樣子，弗萊迪覺得自己就像在伺候一隻名種貓。他回想起以前看過的白色波斯貓，特別高貴漂亮，清澈的眼睛隨時睥睨著人類，其實卻很敏感膽小，一有風吹草動就上吐下瀉，躲在床底下好幾天。

他望著蘇杞弦半掩在睫毛下的眼睛，有些惋惜。

剪完左手，又順便幫他把右手和腳趾甲修完。「好了。」

蘇杞弦鬆口氣，有點不好意思，一來覺得這要求似乎超出弗萊迪的工作範圍了，畢竟對方是來應徵管家又不是老人看護；另一方面又覺得自己怎麼連剪指甲這點小事都做不好。

他把弗萊迪拉到二樓，書房旁邊有個裝了電子鎖的房間，他用自己的拇指指紋開了門。

「這裡本來是沒有上鎖的，之前有人偷了我的小提琴去轉賣，後來才鎖上的。」

弗萊迪原本就有點好奇這房間裡面的東西，這是整棟房子裡他唯一不能進入的地方——除了三個放了小提琴的盒子、一台譜架之外，還有一台連接電子鍵盤和耳機的電腦、一台點字機，和整櫃子的樂譜。

房間不太通風，充滿紙張的味道。

「這裡是我作曲的地方。」蘇杞弦猶豫了一下，又說：「電子鎖的密碼是1221，你有空的話可以幫我打掃一下。」

「我知道了。」

蘇杞弦隨手挑了一個琴盒，回到隔壁書房。弗萊迪轉頭一看，面對書房這面的門板經過處理，看起來跟一般的牆壁很像，而且並沒有對走廊開放的門，一定要從書房進出。

「你想聽什麼？」

蘇杞弦打開琴盒，拿出琴弓旋緊，又摸出一塊松香抹了兩下。直到他調音結束，弗萊迪還想不出要怎麼回答，他知道的音樂實在太少了。

蘇杞弦隨手熱身一下，拉了首娉娉裊裊的《泰綺思冥想曲》，婉轉哀愁，就像個無病呻吟的女子一樣，聽得弗萊迪全身起了雞皮疙瘩。

「聽過這首嗎？」

「沒……」

怎麼可能沒聽過！蘇杞弦不可思議地皺眉，又拉了一首常用來炫技的《大黃蜂的飛行》。

這個弗萊迪聽懂了，而且聽得目瞪口呆，肅然起敬。急促的十六分音符模仿蜜蜂振翅飛行的聲音，用小提琴嘶啞的音色演奏起來維妙維肖，就像一大群蜜蜂繞著自己嗡嗡打轉。

但蘇杞弦並沒有把整首曲子拉完，升降記號太多，原本想要大顯身手的他演奏到一半卻忘記了，連續好幾個音聽起來都不太對勁。

「……」他停下動作。

「……？」

書房裡忽然安靜下來，弗萊迪一臉疑惑，蘇杞弦卻是滿臉陰沉。他放下小提琴，摸向占據整片牆的CD櫃，想找出收錄這首曲子的CD……他伸手摸去，然後挫敗地發現每張CD的外殼都一模一樣，對現在的他而言，根本無法分辨專輯內容。

看著他瞎摸了一陣，弗萊迪忽然懂了。

「你要找什麼？我幫你……」

「算了。」

蘇杞弦的語氣很不耐煩。他把小提琴放回盒裡子，從相通的門回到另一邊上鎖的工作室。

弗萊迪看著他離開，不確定他生氣的理由，又覺得好像可以理解。

晚餐時間，蘇杞弦又紅腫著眼睛走下樓。

見狀，弗萊迪忍不住溫聲開口：「別老是哭，眼睛都腫了。」

蘇杞弦一僵，「反正我的眼睛除了哭之外，也沒有其他作用了。」

說完，竟轉身回房，連晚餐都不願意吃了。弗萊迪愣了愣，滿腦子都是蘇杞弦轉身前咬著嘴唇一臉委屈，泫然欲泣的模樣，竟讓他莫名有種說不出的難受。他低頭看著熱騰騰的培根蛋炒飯，深深嘆了口氣。

☆

不管有多麼難過，明天依然會到來，肚子也還是會餓。蘇杞弦隔天早上是被餓醒的，他搖搖晃晃走出房間，踩到巧拼墊的時候愣了一下，才回想起昨天發生的事。仔細想想他的新管家昨天做了很多事，自己的態度卻很差，最令他介意的就是《大黃蜂》只拉了半首，想要炫技結果忘譜，簡直就是他一輩子的恥辱……

蘇杞弦坐到餐桌前，聞到鬆餅和煎蛋的味道，頓時覺得更餓了。像是聽到他的心聲（或是肚子的叫聲），弗萊迪今天準備的早餐分量特別多，飢餓感平復後心情也平靜了些。於是吃完早餐後，蘇杞弦又坐到鋼琴前練習，直到手機響起，聽起來是簡訊通知。

一旁在客廳做伏地挺身的弗萊迪站起身。

「要幫你拿過來嗎？」

「好。」

蘇杞弦接過手機，放出簡訊聆聽。是經紀人露西傳來的。

「杞弦，收到你的影片我們都很高興！音樂很棒，很高興看到你準備好要回到舞台了，上次提到的演出你決定要參加了嗎？」

蘇杞弦把簡訊播放了兩次，表情看起來卻不怎麼開心。

弗萊迪覺得有點奇怪，問：「要我幫忙回覆嗎？」

「不，現在幾點了？」

「早上十點多。」

蘇杞弦換算了一下德國時間，大概下午四點，「替我打通電話給老師。」

弗萊迪看著手機裡的聯絡人清單，有經紀人、安娜、父母等等，然後他忽然發現蘇杞弦很少跟父母聯絡。他找到蘇杞弦說的人名，把手機放到他耳邊。電話似乎接通了，蘇杞弦迅速切換了另一種他聽不懂的語言，流利地和遠在德國的老師交談，只是弗萊迪見他越講臉色越灰暗，掛上電話時，沮喪得都要哭了。

「替我打給露西，告訴她我不參加這次的演出了。」說完，他低頭走回房間。

弗萊迪忽然覺得蘇杞弦的生活就是一架鋼琴，彈得好就開心，彈不好就唉聲嘆氣，看在他眼裡有點荒謬，卻又覺得這樣的蘇杞弦單純得可愛。不過也許他該聽從安娜的建議，帶他出門走走？

還在思考怎麼安慰蘇杞弦，電話又來了，沒有來電顯示，但弗萊迪總覺得那串號碼看起來有點眼熟。他把手機送到蘇杞弦房間。

「你是蘇杞弦？」

另一頭傳來陌生的男聲，蘇杞弦疑惑地回問：「對，你是誰？」

「我看到你在門上貼的紙條，如果認識屋主請跟你聯絡，對吧？」

蘇杞弦愣了幾秒才反應過來，「對！你知道他是誰嗎？」

「他是誰？你在說什麼，你把弗萊迪大哥弄到哪裡去了？」

「弗萊迪？」蘇杞弦一頭霧水，他要找的男人跟他的新管家同名嗎？這麼巧！

他能感覺弗萊迪還站在自己身邊，因為他聽到鈴鐺響了一聲。

「電話裡說不清楚，我們約個地方吧。」

蘇杞弦掛上電話，一掃剛才的沮喪。

「弗萊迪，我要出門！你幫我選一套衣服吧！」

「……你要出門？」

「對，」蘇杞弦臉轉向他，興奮道：「我要找的人終於有線索了，而且好像也叫弗萊迪，真巧！」

「……」

他的新管家有種非常不妙的預感。

☆

蘇杞弦終於出門了。車子駛入市區，隨著環境越來越吵雜，緊張感逐漸上升，車內放的輕柔音樂也無法平息他的焦躁。此時已是秋天，蘇杞弦穿著淺色格子襯衫搭配針織外套，看起來俊秀文雅。弗萊迪則是穿著深灰色連帽上衣，因為開車脫下的風衣外套隨手丟在後座。

現在要前往的地方蘇杞弦不太熟悉，弗萊迪卻去過幾次。那是一間充滿復古氣氛的餐廳兼酒吧，桌椅老舊，角落放置著投幣式點唱機。下車後，弗萊迪掏出鴨舌帽戴上，然後替蘇杞弦推開玻璃門，撲面而來的菸味讓蘇杞弦嗆咳了幾聲。弗萊迪拿出手帕輕輕按在他的口鼻上，低聲開口。

「給你。」

蘇杞弦接過手帕，那上頭有他在弗萊迪身上常聞到的薄荷和馬鞭草氣息，彷彿呼吸著他的味道，不知為何感覺有點害羞。

「你有沒有看到兩個男的？聽聲音應該滿年輕的，一個叫馬克……」

在蘇杞弦說話前，弗萊迪的眼神已經和他們對上了，那兩個小混混模樣的青年一臉「看到鬼」的表情，驚恐地看著他們要找的人護著纖細的黑髮男子走過來，小心避開其他桌子，又替那盲人拉開椅子，讓他先坐下。

「大……」其中一個有著卷卷頭的黑髮青年剛要開口，弗萊迪做了個手勢，讓他閉嘴。

弗萊迪伸出手臂搭在蘇杞弦椅背上，像在宣示主權般，眼神滿是警告，周身充斥陰沉暴躁的氣息，和在蘇杞弦家時截然不同。

「你們是剛才打電話給我的人吧？」蘇杞弦問，一邊仔細聽著四周，「我叫蘇杞弦。」

「呃，你好你好。我是馬克，」黑髮青年瞄著弗萊迪，小心翼翼道：「他是安迪。」

對方的態度聽起來比電話中好很多，蘇杞弦放下心來。

「你認識住在那間房子的人？我想知道關於他的事。」

——不就坐在你旁邊嗎！

馬克和安迪不知所措，就見弗萊迪豎起大拇指，對他們做出一個抹脖子的動作，眼神冰冷。

「呃，對，我們認識……是、是我大哥，呃，我是說，是、是、是朋友……」

蘇杞弦微微皺眉，心想這人是結巴嗎？

「他叫什麼名字？弗萊迪嗎？姓什麼？」

「姓、他姓……」見弗萊迪的眼神越來越冷，馬克胡亂回答：「我忘了。」

「啊？」

蘇杞弦想起之前私家偵探的話，這些人該不會是詐騙集團吧？他不禁露出懷疑的表情，「你不知道他姓什麼？」

「呃，好像姓『泰勒』。」安迪回答，放在桌下的手緊張得微微顫抖。沒想到隨便打通電話，失蹤半年多的大哥竟然就這樣出現了！

「弗萊迪．泰勒？」蘇杞弦喃喃道：「你們有他家人的聯絡方式嗎？他的家人住在本市？」

「不，他沒有家人。」

蘇杞弦疑惑地皺眉，又咳了幾聲。

弗萊迪拿起手帕摀住他鼻子，在他耳邊溫聲道：「蘇先生，這裡空氣不好，我們快點離開吧？」

馬克和安迪驚恐地瞪大眼。這語氣！這是他們的大哥嗎？或者只是長得很像的人？弗萊迪的手還搭在對方的椅背上，低頭的時候就像把蘇杞弦圈在懷裡一樣，動作親密，語氣溫柔。

「那……可以留個聯絡方式嗎？如果你們想到什麼，請再跟我聯絡。」

蘇杞弦掏出手機，要弗萊迪幫忙記下對方的電話。弗萊迪點了幾下，把手機螢幕朝向他們，上頭寫著：**不要告訴別人見過我，我會再跟你們聯絡。**

「好、好，我知道了……」

兩人唯唯諾諾地答應，目送弗萊迪和蘇杞弦離開。只見高大的男人替那名瞎子開門、帶路，讓他扶著自己的手臂前進，殷勤的模樣讓馬克和安迪都看傻了眼。

☆

蘇杞弦很失望。

好不容易有了線索，卻跟沒有一樣。坐在餐桌前，蘇杞弦摸著桌布忽然開口，「你知道我之前被綁架的事吧？」

弗萊迪暗自一驚，面不改色地回答：「我聽安娜說過。」

「你聽過《鋼琴迷情》這齣電視劇嗎？主角是一個在酒吧表演的女鋼琴師，和一些上流社會的客人糾纏不清的故事。裡面的鋼琴曲是找我配音的，現在已經拍到第六季了。」蘇杞弦一邊把玩餐具，一邊說著：「有時候會有電視節目邀請我去彈奏劇中的配樂。那天晚上，我錄完節目後，快半夜才離開電視公司，在路上忽然有人叫我……我回過頭，就有兩個人……」

蘇杞弦呼吸一窒，握住湯匙的手緊得發顫。

「他們套住我的頭，把我推到車上，我不知道被帶到哪裡，他們也沒有要錢的意思，只是把我關了三、四天……後來不曉得為什麼，過了很久都沒聽到聲音，我把頭套解下來，看到四周都沒人就逃了出去。那裡好像是個廢棄的農場，後來我遇到一個路人，綁匪追了過來，開槍射我們，我們本來想開車逃走……然後車子就爆炸了。」

弗萊迪停下動作，入神地聽著他敘述當時的情景，蘇杞弦微微皺起眉頭，像在努力思索。

「後來警察說他們來到現場的時候只看到我一個人，另一個人連屍體都沒找到。」蘇杞弦深深嘆了口氣，搖搖頭，「我不知道他是死是活，我一直想確認這件事。如果他為了幫我真的不幸身亡，我也想找到他的家人，給他們一個交代，盡我所能補償他們。」

「原來如此。」

弗萊迪若有所思地看著他。

「我也委託了私家偵探，還把我的聯絡方式貼在那人的屋子門口——」

「快拿下來！」弗萊迪打斷他，內心湧起和那未曾謀面的偵探相同的感嘆，覺得蘇杞弦怎麼這麼傻，「這樣太危險了，如果有奇怪的人來聯絡你怎麼辦？」

「我知道……」蘇杞弦嘆口氣。

「剛才的人，看起來就不像什麼好人。」弗萊迪隨口黑了自己的小弟。

「真的？他們長怎樣？」

「一個是拉丁美洲人，一個是白人，看起來都二十歲上下，像小流氓。」

「唔。」

他們一問三不知的樣子的確很可疑，但蘇杞弦還是決定讓布魯克幫忙查查「弗萊迪・泰勒」。

「總之你把聯絡方式撤下來吧。」

「但是，萬一他的家人找不到他呢？」蘇杞弦煩惱地說。他隱約記得幫助他的路人看起來年紀應該不小了，說不定有了家庭，他最害怕的就是自己不小心破壞了一個家。「總要給他的家人一個交代。」

見對方表情悲傷，一股酸澀之意蠶食胸口，弗萊迪第一次體會到什麼叫做愧疚。他低聲安撫，「既然沒有找到他的屍體，說不定他還活著，自己回家了。」

「嗯……」

「這不是你的錯，別想太多了。」

當晚，失眠的蘇杞弦在半夜彈起了《月光》，琴音清澈而寂寥。弗萊迪靜靜倚在牆上，注視在黑暗中彈琴的青年。他想起蘇杞弦擔憂、悲傷、憤怒的各種模樣，吃到喜歡的東西時不自覺的微笑，還有一接觸到樂器就充滿大師風範，卻又不停為了音樂煩惱的樣子。

叮咚的鋼琴聲輕柔地敲響月色，弗萊迪胸中湧起難以言喻的情緒，他在幽微的光線中望著長髮青年的背影，眼神眷戀，就像樂曲最後一個高音，餘韻不散。

☆

在安娜的介紹下，剛成為視障者的鋼琴家，和愛好健身的新手管家，兩個人和樂的同居生活持續了一個多月。見他們相處和諧，安娜也樂得將一些工作丟給他，自己多放幾天假。

天氣漸漸變冷，蘇杞弦一如往常坐在鋼琴前傷春悲秋，忽然門鈴聲響起，兩人都因為這罕見的訪客感到意外。

「蘇先生，門口有個男人，他說他叫詹姆斯‧布魯克。」

「快讓他進來！」

那名陌生男子穿著長大衣，戴著一頂帽沿壓低的貝雷帽，一副不想被看到臉的神祕模樣，正是蘇杞弦雇用的私家偵探。布魯克打量開門的彪形大漢，內心嘀咕。

蘇杞弦讓弗萊迪泡杯咖啡給他，焦急地問：「有進展嗎？布魯克先生。」

「之後還有兩個人去了那間房子，他們有聯絡你嗎？」

「有一個叫馬克跟一個叫安迪的人，上次我跟你提過。」

「他們是第一組人馬，後來還有兩個人。」布魯克喝了一口咖啡，一邊回答一邊瞄著弗萊迪，「蘇先生，我看這件事還是交給警察吧！那個人生死不明，說不定根本還活著，只是因為某些原因沒再過去那間房子而已。」

弗萊迪暗自點頭。

蘇杞弦嘆口氣，脫力地靠在沙發上。

「另外，關於另一項委託，蘇先生，我想我無法繼續幫你了。」

「什麼意思？」

「老實說吧，有人給了我一筆錢叫我不要再調查下去，這金額遠比你提出的報酬還要高。」

蘇杞弦猛然挺起身子，一臉驚訝。

「什麼？是誰……？」

「對，就是你想找的人。」布魯克乾脆地承認，「他委託我告訴你，原本只是想找人教訓你一頓，並不打算傷害你。如果蘇先生願意見他，他會當面過來道歉，和你洽談賠償事宜。」

「你說什麼——？！」

蘇杞弦滿臉憤怒地從沙發跳起，全身發抖，弗萊迪從來沒看過他這麼激動，擔心他傷了自己，連忙走過來。

「他不打算傷害我？那我的眼睛怎麼辦？而且我明明就聽到槍聲……要不是他派人追殺我，汽車怎麼會爆炸？這才不是什麼意外！」

見那名高大的管家神色不善，私家偵探趕緊起身，自己走向門邊拿起剛掛上不久的大衣。

「我很遺憾，蘇先生，我會把訂金退回你的戶頭。」

「等等，布魯克！」

「我想我們的合作關係就到此結束了，保重。」

「別走！你收了他多少錢？等等……」

砰。

回應他的卻只有關門聲。

蘇杞弦聽見汽車引擎聲逐漸遠去，憤怒到達頂點，他非常想砸爛所有東西，亂抓著桌上的杯子往地板摔，乒乒乓乓碎了一地。

一隻有力的手抓住他，蘇杞弦使勁掙扎，表情猙獰。弗萊迪不想弄傷他，翻身將他壓在沙發上，底下的男人不停喘息，胸口劇烈地上下起伏著。

「放開我！」

「蘇先生，你冷靜點。」

他把蘇杞弦的雙手按在頭上。

蘇杞弦掙扎了幾下，弗萊迪的手就像鐵鉗一樣牢牢扣著他，下半身壓著他的腿，蘇杞弦發覺自己再也無法動彈後，頓時安靜了。

一滴滴眼淚從眼角滑出。

「嗚……嗚……」

他一發不可收拾地哭著，內心既憤怒又委屈，覺得打從他瞎掉以後就諸事不順，什麼事都做不好，全世界都在跟他作對。

弗萊迪慌了，連忙鬆開手，不知所措地四處張望。面紙盒不知道被蘇杞弦丟哪去了，他只好用自己的袖子給蘇杞弦擦臉。

「蘇先生……」弗萊迪扶他坐起來，猶豫了一下，輕輕環住他的肩膀，手足無措。

「呃，我們還可以找別家……」

「嗚嗚……」

蘇杞弦大哭的樣子讓他心疼不已，弗萊迪笨拙地輕拍他的肩膀，腦中一片空白。蘇杞弦推開他，搖搖晃晃站起身。見他打算回房間，弗萊迪拉住他手臂。

「地上都是碎片，我帶你走。」

「走開！」

蘇杞弦甩開他，走了兩步又被抓住，就這樣重複了兩三次，弗萊迪終於忍不住蹲下來，把蘇杞弦像袋馬鈴薯一樣扛在肩膀上。對方驚呼一聲，雙手胡亂抓住他的上衣；弗萊迪繞過瓷器碎片將蘇杞弦扛回房間，放在床上。

蘇杞弦一邊打著嗝一邊啜泣，臉上淚痕交錯，手裡還緊緊抓著弗萊迪的上衣不放，看起來就像個迷路已久的孩子，可憐兮兮的。

「蘇先生，」弗萊迪猶豫一下，「杞弦……」

他終於叫出這段期間一直迴繞在心中的名字，也許因為偷偷練習許久，發音還算標準。

「為什麼……」

蘇杞弦不能理解自己做錯了什麼，這幾年來不就是彈鋼琴而已嗎？竟有人要對他下毒手，自己做人有這麼失敗？！搞到現在失明無法工作，而他的父母這段時間都沒有來看過他，說不定連他失明都不知道。蘇杞弦靠在男人溫暖的懷裡，淚水和鼻涕一下就把對方胸口浸濕一片，他用中文喃喃叫著：「爸爸……媽……」

弗萊迪也聽懂了，如果有任何一個小弟抱住他哭著叫媽媽，弗萊迪一定會一秒把他揍到天邊，但是看著蘇杞弦，弗萊迪只想低頭親吻他，只要能讓他感覺好一點，什麼都願意做。他抱著蘇杞弦輕輕拍著，直到懷裡的人慢慢平靜下來，哭到睡著。弗萊迪讓他在床上躺平，蓋好棉被，用指尖抹了抹他的臉，低頭在他額上一吻後轉身離開房間。

第三章

男人站在廚房裡，心不在焉地拿出鍋子。

他穿著一件深藍色針織衫，胸肌間的溝壑明顯，窄腰長腿，倒三角型的身材蘊含著強勁力量，但此時他圍著圍裙，斂去戾氣為雇主準備午餐。

昨天晚上收拾完客廳的殘局後已經很晚了，後來他打了通電話聯絡安迪。馬克和安迪都是弗萊迪在街上撿回來的，對他忠心耿耿，雖然還年輕幫不上什麼忙，卻是弗萊迪少數信任的人。他從安迪那裡問了些情報，也委託他們打聽蘇杞弦的綁架案到底是怎麼一回事。

但之後，弗萊迪失眠了。接近天亮時好不容易睡著，卻夢見他把蘇杞弦壓在床上，綁住他的手，用各種甜蜜又折磨的方式欺負他……弗萊迪覺得自己可能是憋太久了，才會做那個亂七八糟的夢。

起床後，他把醃了一個晚上的豬肋排從冰箱拿出來，在烤盤裡擺上洋蔥和許多蘇杞弦喜歡吃的蘑菇，放進烤箱，默默祈禱這些食物能讓蘇杞弦心情好一點。

過了一會兒，蘇杞弦穿著睡衣走過來，聞了聞空氣中濃郁的烤肉醬香味。

「啊，今天吃肉！」

因為每天都為了要吃什麼想破頭，加上弗萊迪偶爾也要休息一下，他們討論出一個固定的規律——星期一和二主要吃中餐，星期三和四是西餐，星期五是日式料理，星期六是吃肉日，星期天則叫外賣解決。

這個規律不但減少了弗萊迪思考菜單的時間，也讓每天在家的蘇杞弦對時間有點概念，他特別期待吃中餐和肉的那幾天，雖然蘇杞弦老愛抱怨不夠道地，但總是吃得比其他時候還多。而每到吃肉日就是烤雞、牛排、豬肋排輪番上陣，兩個男人把酒吃肉，暢談人生理想。

「早安，蘇先生。」雖然已經中午了。

「安娜今天又休假？」蘇杞弦在餐桌前坐下。

「對，她說有剛好有親戚來找她，不過晚上會過來。」

「親戚？你不去沒關係嗎？」

弗萊迪才想起自己被「設定」為安娜的姪子，連忙回答：「不是我認識的，沒關係。」

「喔。」

見蘇杞弦輕易就被他矇混過去，弗萊迪心情複雜。謊言，就像老鼠會一樣，一旦起了頭就會無限擴展下去。蘇杞弦知道真相之後，有可能原諒他嗎？

烤箱發出「叮」一聲，中斷了兩人的對話。弗萊迪戴上隔熱手套拿出熟透的豬肋排，一根根切好才放到他面前。蘇杞弦喜歡吃辣，所以弗萊迪幫他在盤緣擠了一團辣椒醬。蘇杞弦直接用手抓起來啃，吃得津津有味，不時吸吮著手上的醬汁。

弗萊迪把切好的法國麵包放到桌上，直直盯著蘇杞弦看，覺得他就連啃排骨的樣子都很可愛。他像小孩一樣伸出舌頭舔舐手指，由下到上，把指尖上的醬汁舔淨，手指修長漂亮。他忽然想到昨天夢裡蘇杞弦騎在自己腰上，閉著眼大聲呻吟的畫面……弗萊迪覺得今天的自己很不對勁。

「對了，我們簽約吧？」

蘇杞弦忽然開口，弗萊迪聞言一愣。

「簽個一年，不，先簽個三年……當然如果你願意簽更久，我也不介意。我會定期幫你加薪的，如何？」

如果他沒失明，就會發現弗萊迪的表情很複雜，毫無得到一份長期工作的欣喜，「你……你希望我留下來嗎？」

「當然，傑森。」

……你可以先叫對我的名字嗎！契約上的名字該不會也是「傑森」吧？！

「蘇先生，我叫弗萊迪。」

「我知道。」一臉上沾著醬汁的男人一頓，「你可以直接叫我的名字，我昨天聽到你叫了。」

「……杞弦。」

弗萊迪低聲開口，像在喃喃自語。說出他名字時弗萊迪感覺胸口一陣酸澀，望著蘇杞弦的眼神更加溫柔。

「你願意簽約吧？」

「願意，多久我都願意。」

這回答聽起來別有深意，不知為何蘇杞弦覺得臉頰隱隱發熱。

……一定是因為太辣的緣故。

見黑髮青年耳尖泛紅，弗萊迪竟有種奇妙的滿足感。他伸手抹掉蘇杞弦嘴角的醬汁，粗糙的手指觸感讓蘇杞弦一愣。

「對了，我看家裡還有蛋糕的材料，如果你有興趣，下午可以一起做。」

「好啊！」

他們做的是很簡單的杯子蛋糕，基本上只要把奶油、雞蛋、砂糖拌勻，再加入麵粉、牛奶就差不多了。他原本只想讓蘇杞弦負責簡單的部分，對方卻不領情，堅持要玩電動攪拌器。他怕蘇杞弦拿不住，只好跟他一起握著握把進行攪拌作業。

溫熱有力的大手覆蓋在蘇杞弦的手背上，高大的男人站在他的身後，握住他的手好一段時間，暖暖的鼻息在他頭頂上流動。蘇杞弦不斷聞到弗萊迪身上混合著馬鞭草、薄荷和麝香的清爽香味，令他一瞬間有些恍惚，好像很久沒和人這麼靠近過了。

不知不覺間，他已經變得很依賴弗萊迪。明明兩個人認識沒多久，也許因為他把自己的生活起居照顧得很好，兩個人又朝夕相處，總覺得跟弗萊迪已經相當親近，不像一般雇傭關係。應該不是自己自作多情吧？

弗萊迪從背後圈住他，蘇杞弦莫名有些慌亂，開口道：「昨天……真是……我，對不起，是不是弄壞很多東西……」

「還好。你委託他調查了什麼？」

蘇杞弦嘆口氣，「之前跟你說過綁架的事，其實那幾個人都已經被判刑了。但我總覺得不太對勁，我根本沒見過他們，老實說他們也不像是會聽我表演的那種人，感覺比較像是受人指使才這麼做的。所以我請布魯克替我再調查一次，他是經紀人推薦給我的私家偵探……」

「幕後主使者嗎……」

蛋糕進烤箱後，弗萊迪就不讓他碰了。男人的體溫和複雜的氣味在蘇杞弦心中留下奇妙的記憶，他坐到鋼琴前，隨手彈出一段旋律，帶著輕快又溫暖的風格。他很久沒作曲了，經歷了大起大落，平靜下來後反而湧現出一些靈感。

做蛋糕的成功經驗似乎開啟了蘇杞弦對烹飪的興趣，之後他假借請弗萊迪幫忙找東西的理由支開他，然後接手他切到一半的菜。當弗萊迪回到廚房，看見蘇杞弦拿著菜刀正要往自己的手指切下時，嚇得他頭皮發麻，之後就再也不准蘇杞弦進廚房了。

傍晚，安娜過來了，又為家裡增添一絲熱鬧氣息。她像個惡婆婆一樣在家具上東摸西摸檢查有沒有灰塵，又看到庭院曬的床單和衣服，桌上還擺著剛出爐的點心，她滿意地點點頭。

「蘇先生這兩天還好嗎？」

由於下午做了蛋糕，弗萊迪正在收拾殘局，晚上打算煮個湯麵就好。

「還可以。他說打算跟我簽約。」

「太好了！」安娜覺得自己成功協助了一個流浪青年回歸正途，「對了，今天親戚送了我兩張票，你跟蘇先生一起去吧？」

弗萊迪探頭一看，是灣岸購物中心附設的摩天輪搭乘卷。

「我問問他。」

不久，蘇杞弦也下樓來，順著巧拼步道來到客廳。

「安娜，妳來了？」

「嗨，小夥子，你是不是胖了？」安娜打量蘇杞弦，自從弗萊迪來了之後，這名原本瘦得好像幽靈一樣會飄走的青年似乎精神不少，身上也乾淨整齊多了。她從皮包裡掏出幾個小東西，放到蘇杞弦手中，「給你的禮物，猜猜是什麼？」

蘇杞弦把玩手裡的小木雕，指尖摸出一對尖耳朵，他笑起來，「貓？還是狗？」

「你猜啊，認真點！」

弗萊迪看著他們聊天，忽然有點理解為什麼他的雇主老抱怨安娜煮的菜，卻沒想過要辭退她。安娜就是個熱情的大媽，和父母關係不太好的蘇杞弦也許需要這樣的陪伴吧。他又想著那兩張摩天輪的票，有些心猿意馬。

☆

蘇杞弦戴著耳機，雙手下是一台有非常多小按鍵、連接著電腦的電子鍵盤，只要他彈奏，螢幕上就會自動紀錄成樂譜。他正試著把一首流行歌跟巴哈拼湊起來，這是近年很流行的一種模式。

他選了一首相當有名的分手歌，女歌手沙啞的聲音唱出撕心裂肺的情感，而搭配的曲子則是巴哈的《G弦之歌》，從激昂到寧靜，帶出一種治癒或悵然的意味。這首可以用小提琴最粗的G弦從頭演奏到尾的曲子，是小提琴學習者必經的挑戰，在編寫過程中，蘇杞弦也忍不住拿出小提琴重溫了一次。

距離現代已有將近三百年的《G弦之歌》，至今仍廣為人知，並深受喜愛。蘇杞弦也從演奏過程中找到一絲安祥平靜。

放下小提琴後，蘇杞弦聽見書房傳來一些聲響。弗萊迪最近來書房的次數很多，蘇杞弦偷偷檢查過放在工作室裡的小提琴，三把都在，而且也沒有被調包，讓他暗自愧疚自己對新管家的懷疑。

猶豫片刻，蘇杞弦放下小提琴走入隔壁的書房。

弗萊迪坐在地上，眼前放了一個小桌子，上面有一台機器。見到蘇杞弦走來，連忙道：「吵到你了？」

「你在做什麼？」

蘇杞弦剛剛聽那聲音有點熟悉，卻又想不起來。

「小心，地上有CD。」

弗萊迪看得驚險，連忙把蘇杞弦攔腰一抱，放到一旁的懶骨頭沙發上。蘇杞弦忽然腳下一空，連忙攀住弗萊迪，心口怦通跳著，暗自嘀咕他還真是越抱越順手了。

「你到底在忙什麼？」

蘇杞弦止不住好奇，又問了一次。代替回答，弗萊迪把一個東西放在他手上。

蘇杞弦一愣，那是一張打了點字的紙，貼在一個扁平的盒子上……他的點字學得很糟，除了樂譜外根本不認得幾個字。他用指尖摸了幾次，在心中拼拼湊湊了好一陣子，才終於分辨出上頭寫的是「瑪莎・阿格麗希」、「蕭邦作品」，他摸了摸這四角形扁平的盒子，神情驚訝。

「這是你打的？」

「對。」

「你、你怎麼會用點字機？」

「上網找對照表。這樣可以嗎？你摸得出來？」

「可、可以……是阿格麗希，這片CD，是我小學時候買的。」

「難怪，上面還有中文。」

蘇杞弦用指尖摸了又摸，心情激動。他沒辦法一張張CD都聽過再打上標籤，卻也沒想過會有明眼人為了他學習點字。

「你要幫我把所有CD都貼上標籤？」他想到書房那占據整面牆的影音光碟，表情更為驚訝。

「我盡量，我打算先從你常聽的開始貼。」

蘇杞弦沉默片刻，太過感激，反而說不出口，「你真厲害。」

「不，你比較厲害。」弗萊迪由衷地回答：「我沒念過什麼書，不像你，會那麼多語言，還出CD。」

「我……我沒……」

在失明之前，蘇杞弦也覺得自己還不錯，應該說能上台獨奏的人都經過千錘百鍊，必須有一定的自信。只是這半年來的種種打擊，讓蘇杞弦的信心降到最低，就連踏出家門都沒有勇氣。

他的手被另一雙寬大的手包覆，蘇杞弦一愣，就聽見弗萊迪開口。

「相信我，你很厲害。」

見蘇杞弦抿著唇，一臉快哭出來的樣子，弗萊迪連忙轉移話題。

「對了，安娜給了我兩張摩天輪的票，你想去嗎？」

「……你邀請一個瞎子去搭摩天輪？」他果然成功被轉移了注意力，露出匪夷所思的表情。

弗萊迪哄道：「你就當陪我去吧，我還沒搭過，挺想去的。」

「好吧。」

這回答讓蘇杞弦優越感油然而生，他甚至抬了抬下巴，一副「真拿你沒辦法」的表情。

見他的小盲貓又擺出高傲的模樣，弗萊迪看得心癢，直想把他抱到懷裡揉一揉。

數天後，他們一起前往灣岸購物中心。上次出門來去匆匆，加上蘇杞弦急著知道他尋找的人的情報，因此沒有在外面多留，這次算是他「正式」出門，要在外頭起碼待個半天，即使弗萊迪再三保證隨時可以回去，蘇杞弦仍無法克制自己的緊張。

他打開衣櫃，摸索著裡頭的衣物。面對一櫃子顏色、樣式都不太確定的服裝，蘇杞弦不知所措起來。

弗萊迪匆匆忙忙趕來，蘇杞弦很少用呼叫鈴，他還以為發生了什麼大事。當他一推開門，眼前的景象讓他呼吸一滯。

蘇杞弦坐在床緣，上身穿著深藍色睡衣，底下露出一雙筆直白皙的腿。

弗萊迪腦子一熱，血液隨即往某個部位聚集，他第一個念頭就是——蘇杞弦在誘惑他！

「你幫我挑一套衣服，」蘇杞弦神情有些不自然，「我、我不知道外面的天氣如何。」

蘇杞弦站起來，其實他還穿了件內褲，只是被下襬遮住了好像沒穿一樣，長髮披散在鎖骨上，從半開的V型領口露出大片肌膚，看起來非常性感。弗萊迪睜大眼瞪著他看，完全沒聽見對方的話。

「弗萊迪？」

「唔。」

「替我選件襯衫？」

弗萊迪強迫自己移開視線，心不在焉地拿了套衣服放到他手邊，蘇杞弦毫不猶豫地解開鈕扣，深藍色上衣敞開，白皙消瘦的胸膛就呈現在弗萊迪眼前。蘇杞弦的皮膚有種病弱的白，藕色小巧的乳頭點綴在胸前兩側，格外惹人憐愛。弗萊迪嚥口口水往下看去，此時蘇杞弦身上只穿了一件黑色三角褲，中央微微隆起，他忍不住在心中勾勒著對方重點部位的尺寸大小。

身為亞洲人，蘇杞弦的體毛並不濃密……不知道那裡是不是也一樣？

他吞口口水，覺得房間有點燥熱。

蘇杞弦毫無察覺他的管家正在意淫自己，他摸索著穿上襯衫。弗萊迪注意到他扣錯鈕扣，連忙按住他的手，「錯了，你要從最下面一顆開始扣，比較不會弄錯。」

蘇杞弦不耐煩地雙手一攤。弗萊迪只好替他解開扣錯的釦子，努力克制想要捏捏那對小乳頭的衝動。

顏色真淺，東方人都這樣嗎？弗萊迪忍不住心想，又對自己意淫一個盲人感到羞愧不已。

蘇杞弦套上弗萊迪拿來的黑色毛料長褲，把襯衫塞進褲子裡，穿戴整齊後，把頭髮撥到身後，神情猶豫地問弗萊迪。

「你覺得呢？」

這是弗萊迪第一次看到蘇杞弦穿這麼正式的服裝，黑髮青年一掃平時慵懶的模樣，簡單的白襯衫和長褲襯托出斯文優雅的氣質。他原本就知道蘇杞弦外貌出色，如今看他打扮完成站在自己面前，弗萊迪只覺得閃亮耀眼得不得了，但漂亮之外，又透著一絲侷促不安。

沒聽見對方回答，蘇杞弦有些慌亂。

「很奇怪嗎？」

「很好看。」弗萊迪連忙回答。

「真的？我都快忘記自己的樣子了。」

黑髮青年閉著眼微微苦笑，弗萊迪胸口一緊，「你是我看過最漂亮的人。」

蘇杞弦愣了片刻，覺得不太好意思，但嘴硬地回答：「那……那你大概跟我一樣是個瞎子。」

弗萊迪忍不住笑起來，然後注意到他鬆垮的腰部，「你的褲子太鬆了，要拿一條皮帶來嗎？」

蘇杞弦皺眉拉著鬆垮的褲腰，沒想到自己瘦了這麼多……他其實挺愛買衣服的，只是失明之後就沒再出門購物了。

「等一下順便買衣服？」

「好……」蘇杞弦抿著嘴，過了片刻才小聲地問：「我會不會看起來很奇怪？」

他猶豫不安的神情讓弗萊迪腦袋一熱，抓住蘇杞弦的雙手放到自己的手臂上。

蘇杞弦一震，這才想起他也曾遭遇過火災。弗萊迪的傷疤從上臂蔓延到背後，而且沒有經過植皮，相當凹凸不平，摸起來比蘇杞弦的傷口嚴重多了。

「你……」蘇杞弦感同身受地說：「傷口很痛吧？」

「對，不過已經沒關係了。」弗萊迪按住他在自己身上游移的手，「因為這樣而遇見你，我覺得很值得。」

蘇杞弦一時無語，雖然看不見，他仍下意識抬起頭思考如何回覆。這動作看在弗萊迪眼裡就像在索吻一樣。兩人靠得很近，弗萊迪忍不住輕輕吻在他鼻尖上。

「不要擔心，」他打趣著說：「就算你又瞎又聾還跛腳，都比大部分人好看。」

「不要詛咒我！」蘇杞弦抗議，卻忍不住笑出來，心裡有點甜。

「乖，等我換個衣服就出門吧。」

他放開蘇杞弦，轉身離開這充滿誘惑的地方，留下他的雇主站在原地，後知後覺地發現自己似乎被調戲了。

等弗萊迪走來房門的時候，蘇杞弦已經站在客廳準備好要出門了。看見著裝完畢的雇主，弗萊迪眼睛一亮。他穿了一件暗色格紋大衣，合身的線條遮住底下過於寬鬆的服裝，繫著腰帶，整個人看起來筆挺而有精神；一頭中長髮整齊地綁在腦後，露出清秀細緻的臉。

弗萊迪忽然想起網路上關於蘇杞弦的描述：

來自東方的他帶著恰到好處的優雅微笑，總是穿著正式服裝，像是將要出席或正在參加晚宴一樣；纖細蒼白的雙手沒有一絲血色，在琴鍵上飛舞，彈出一曲又一曲魅惑人心的音樂，宛如惡魔的低語……

「弗萊迪？」

弗萊迪赫然回神，又回房間拿了條圍巾，把蘇杞弦的右手放在自己的左手臂上，帶他出門。

蘇杞弦有點緊張，直到被弗萊迪塞進副駕駛座後才鬆了口氣。弗萊迪啟動引擎的同時，車內音響傳來蘇杞弦十分耳熟的旋律。

「我的專輯？」

「嗯，我在書房看到的，很好聽。」

車子平緩地行駛，車內暖風吹送，蘇杞弦漸漸放鬆下來，回想起當初創作曲子的心路歷程。

「這首《舞獅》用了一段中國的賀歲歌，在台灣過年的時候，商店都會一直播放這種歌曲，非常煩。但那時候我很想家……」

「難怪。我還想說，獅子之舞怎麼聽起來不太凶猛？反而很熱鬧的感覺。」蘇杞弦笑起來，「那是假的獅子，一種道具，你沒在中國城之類的地方看過嗎？」

弗萊迪搖搖頭，他對中國城的印象就只有地下賭場跟非法移民而已，然後他想起蘇杞弦看不見。

「有機會的話，真想去你的故鄉看看。」

「是啊……」

雖然在車裡獲得短暫放鬆的時光，但令蘇杞弦恐懼的一刻很快來臨。弗萊迪停好車，替他打開車門時，冷風灌進車內，蘇杞弦一想到踏出車外就是人來人往的世界，忽然有種衝動想叫弗萊迪立刻送他回家。弗萊迪也不催他，只是捏了捏他的手臂，蘇杞弦終於深吸口氣，踏出車外。

來自四面八方的風和聲音顯示自己正處於一個開放空間，蘇杞弦緊緊抓住弗萊迪的肘彎，墨鏡下的半張臉十分蒼白。遠處一群路人走近，弗萊迪感覺蘇杞弦的手指更加用力，甚至微微顫抖，頓時心疼不已。

「杞弦……」

他靈機一動，掏出手機，再把耳機塞進蘇杞弦耳內。

「不要怕，當作在家裡一樣，跟著我走就好。」

蘇杞弦習慣性地把精神集中在音樂上，漸漸放鬆下來，完全依靠弗萊迪的帶領前進。他們靠得很近，看起來比一般朋友親密。兩個男人攜手的景象不意外地吸引了路人的目光，甚至有人在與他們擦身而過時咒罵了一句「死同性戀」，或移開小孩的視線，彷彿他們是什麼骯髒的存在。

也有人發現蘇杞弦是盲人，望著他們的眼神從歧視轉為同情。無論是哪一種，都令人很不舒服。弗萊迪開始有點理解為什麼蘇杞弦不願意出門。

他們沒有進入任何商店，因為蘇杞弦一直處於非常緊繃的狀態。但是蘇杞弦抬頭挺胸，走路的姿態看起來相當優雅自信，要不是抓著自己的手不停顫抖，弗萊迪恐怕也看不出來蘇杞弦其實非常緊張。他頓時有點佩服，蘇杞弦比他想像中還要堅強。

但他不能一輩子不出門，蘇杞弦自己也知道，對大家而言放鬆的逛街行程，對他卻像是痛苦的復健過程。直到經過樂器行時，那熟悉的聲響讓他慢下腳步。

「要進去看看嗎？」

蘇杞弦拿下耳機，聽著樂器行內叮叮咚咚的聲響，大部分是家長帶著小孩在試琴，雖然吵雜，卻讓他稍微放鬆下來。

「您好，要找什麼樂器嗎？」一名女店員迎上前來。弗萊迪的身材令她有些忐忑，但注意到蘇杞弦是盲人後，立即放緩了表情。

「這裡有什麼樂器？」蘇杞弦問。

「這一區主要是鋼琴展示中心，管樂器和弦樂器在另一邊。樓上那一區也有我們的分店，主要是販售吉他。」

蘇杞弦想了想，「買一組小提琴弦吧，有 Dominant 嗎？」

「有的。」

見他能正常和店員交流，弗萊迪十分欣慰，他相信蘇杞弦會越來越好，總有一天會恢復他在網路影片上看到的，那意氣風發的樣子。

只是不知道到那時候，他是否還會像現在這樣依賴自己？

在店員去拿琴弦的時候，蘇杞弦小聲地說：「哪一台是最貴的鋼琴？我想彈彈看。」

「我也不知道。」

弗萊迪聞言有點想笑，他左右張望，看到一個略高的台子上放了一架白色的三角鋼琴，四周還用欄杆隔開，猜想就是這台了。他把蘇杞弦帶到鋼琴前坐下，為他打開琴蓋。才剛敲下兩個音，一名男店員就匆匆走過來。

「先生，這台琴——」

「史坦威？」

那名店員一時啞口無言，愣愣地張著嘴。近看可以發現蘇杞弦墨鏡下的眼睛是閉上的，店員滿心崇拜，開始回想自己知道的盲人鋼琴家。

蘇杞弦右手行雲流水般爬了一串音階。史坦威是各大演奏中心最常購入的琴，標誌性的音色清澈響亮，高音偏冷硬，蘇杞弦也很熟悉。

腦中浮現某次音樂會的場景，蘇杞弦雙手自動彈奏起來。那是他在一棟古堡的晚宴演奏的曲子——李斯特的《愛之夢》。當時他的老師臨時叫他去演出，當輕柔浪漫的旋律響起時，大廳內嗡嗡作響的交談聲戛然而止。

這首曲子原先是寫給女高音的獨唱曲，隨後作曲家又發表了鋼琴獨奏版。同樣充滿抒情的歌唱性，用圓滑而柔和的旋律訴說著「盡己所能去愛吧，對待真誠對你的人，要時時讓他快樂，沒有片刻悲傷……」。

琴聲激越起來，蘇杞弦進入忘我的演奏狀態，把對周遭的恐懼拋在一旁，全心投入在音樂中。彈至結尾，他心底萌生一股溫暖的情緒，感覺熟悉又安全。

不只店員，周圍的人們全都忘記自己原本在做的事，紛紛聚集到蘇杞弦身邊，不少人拿起手機拍攝，就連經過賣場的路人也被吸引進來。一曲過後，眾人熱烈鼓掌，蘇杞弦才赫然回神，被四周巨大的聲響嚇住。

「杞弦。」

弗萊迪連忙輕輕觸碰蘇杞弦的手臂，黑髮青年摸著他的手站起身，大家才發現這名演奏者竟是一位盲人，更加佩服。

「再來一首！」

「這個人我好像看過……」

「彈得真棒，是專業的吧！」

甚至還有小孩叫著「媽媽，我也要學鋼琴」。蘇杞弦臉頰發燙，朝大家微微鞠躬，下台時還差點摔倒了。店員本想請這名神祕又英俊的盲人鋼琴家多彈幾首，卻見他和身旁高大的保鑣急急忙忙離開。

「一不小心就……」蘇杞弦喘著氣，心臟急速跳動，興奮未平，「我剛才……」

「棒極了！」

弗萊迪正色回答，塞了一個冰淇淋甜筒到他手上。蘇杞弦聞言燦爛一笑，然後低頭舔起冰淇淋來，覺得格外美味。

弗萊迪摟著他的腰，神色溫柔，眼裡好像只剩他一人。兩人站在摩天輪的排隊行列中，一百七十二公分和一百九十公分的男性組合，非常引人注目。輪到他們的時候，弗萊迪先牽著蘇杞弦的手撫摸摩天輪車廂門的高度和邊緣，耐心地解釋，才跟在他後面低頭爬進去。雖然知道這是對待視障者的正確方式，仍讓引導乘客搭乘摩天輪的服務小姐看得心跳臉紅，覺得那名盲人的（男？）朋友實在溫柔體貼。

兩人面對面，坐在狹小的摩天輪車廂。弗萊迪腿太長了，一坐下來，膝蓋就幾乎抵到對面的椅子，他把蘇杞弦禁錮在自己的雙腿間。蘇杞弦感覺對方的膝蓋緊靠著自己的大腿，體溫傳來，讓他暗自尷尬，但不覺得討厭。也許是因為空間狹窄，令他有些缺氧，心跳加速起來。

想要打破尷尬氣氛，蘇杞弦開口：「外面有些什麼？」

「唔，」弗萊迪隨便一瞄，眼神又回到蘇杞弦臉上，「有海、房子，還有……一些房子。」

蘇杞弦失笑，「你的作文老師要哭了。」

棕髮男人忍不住觸摸蘇杞弦微笑的嘴角，他今天笑了很多次，令弗萊迪想更進一步做點別的事。

「窗外景色沒有你好看。」

蘇杞弦一愣，紅暈快速在臉頰擴散開來。偏偏摩天輪車廂內相當狹小，無處可逃，且弗萊迪還夾著他的腿，以就算盲人也無法忽視的炙熱視線注視著他。蘇杞弦低下頭，內心慌亂又飄飄然。

「冷嗎？」

見黑髮青年低頭雙手緊握，弗萊迪搓了搓他的手，把掌心覆蓋在他手背上。弗萊迪現在已經習慣在觸碰蘇杞弦之前先出聲，果然有效減少對方嚇到的次數。溫暖的感覺從碰觸的手上傳來，跟剛才《愛之夢》結尾的感覺很像，蘇杞弦腦中浮現一些旋律，神情看起來有些恍惚。

「還好嗎？怕高？」弗萊迪用掌心摩擦蘇杞弦的手，今天眾人的反應讓他再度感嘆這一雙手竟能如此靈巧，創造出美麗而複雜的音樂。

「有一點……」

蘇杞弦回答，翻過手掌握了握弗萊迪的手指。弗萊迪竟被這個小動作弄得呼吸一窒，忽然理解到小說中常出現的「胸口有許多小蝴蝶在飛」是什麼感覺。他望著蘇杞弦，神情繾綣。

「你真的是第一次搭摩天輪嗎？」蘇杞弦問。

「對。」

「真的？你之前都沒有帶……女朋友，或男朋友搭過？」

弗萊迪微微一笑，想起自己掙扎求生的成長過程，和那個充滿金錢、性愛、毒品的世界，蘇杞弦的試探顯得太過天真單純。

「我沒有和任何人交往過。」床伴不算的話。

蘇杞弦一瞬間想回答「我們可以交往看看」，又覺得這樣太輕率，咬著嘴唇沒有說話。

「你呢？」

一直寡言的男人難得回問，蘇杞弦又有些飄飄然。

「我小時候在台灣搭過，和我爸媽，」那是他少數一家團聚的回憶，「風景並不怎麼好，而且他們在摩天輪上吵架。」

蘇杞弦表情哭笑不得，弗萊迪有些心疼，摸了摸他的膝蓋作為安撫。

「你幫我打個電話吧，」蘇杞弦欲言又止，「我通訊錄上第一個跟第二個聯絡人……」

弗萊迪已經知道他想打給誰，仍裝作不知情地問：「第一個聯絡人？」

「對……」

電話接通了，響了很久卻沒人接起，弗萊迪等了十幾秒後掛斷。

「你父親沒接。」

蘇杞弦沒回答，於是他又打給排在第二個順位的聯絡人，這次嘟嘟聲很快就斷了，對方說出一串自己聽不懂的語言。弗萊迪連忙放到蘇杞弦耳邊，於是滿懷期待的蘇杞弦就聽到一個女聲用德文說出：

「您所撥的號碼目前暫停使用，所以無法接通……」

蘇杞弦一震，聽著電話中不停反覆著「號碼暫停使用」，滿臉難以置信，

「你、你再打一次！」

「第二個聯絡人？」弗萊迪又撥了一次，蘇杞弦終於承認，他和母親唯一的聯繫方式就這樣斷了，而母親沒有告訴他新號碼是什麼。

見狀，弗萊迪連忙說道：「晚一點我再幫你打打看。」

「不用了。」

淚水從墨鏡後方蜿蜒而下，弗萊迪看得心痛極了，原想用手，想了想還是掏出手帕，輕輕按在蘇杞弦臉頰上。

「他們幾乎沒來看過我，」蘇杞弦哽咽著說：「十五歲之後，我只見過她一次。」

「杞弦……」

下摩天輪的時候，服務小姐還以為他們吵架了，責備地瞪了弗萊迪一眼。後者無暇顧及其他，只是快步把蘇杞弦帶向停車場，載他回家。

在家裡等待的安娜原本想問他們玩得如何，卻見蘇杞弦一回家就直奔樓上書房，兩人氣氛有點不太對，悄悄問了一句。

「他怎麼了？」

弗萊迪搖頭，心情沉重地望向二樓。

第四章

蘇杞弦一連幾天心情都很低落，連帶彈的曲子也鬱鬱寡歡，整個家都籠罩在灰暗的情緒中。直到他接到一個好消息，他在購物中心隨手彈的影片在網路上被大量轉傳，有人查到蘇杞弦的身分和遭遇，同情和支持的言論高漲，唱片公司決定更加積極鼓勵蘇杞弦復出。

「露西和總經理要過來。」

蘇杞弦跟著鈴鐺聲團團轉，興奮地報告著，「他們要聽我最近的創作，考慮明年為我策劃一場獨奏會。」

「嗯。」

弗萊迪用低噪音的吸塵器吸地板，嘴角微揚。看到蘇杞弦終於恢復精神，他也跟著愉快起來。

「不過可以的話，我真想跟交響樂團合作，讓交響樂團當伴奏的感覺真的很爽。」蘇杞弦沒聽見回覆，不滿道：「喂，你有沒有在聽啊？啊——！」

聽見蘇杞弦驚叫一聲，弗萊迪轉身，正好看見蘇杞弦被電線絆倒的那一刻，他連忙一伸手，把人撈進自己懷裡。

蘇杞弦賴在他懷裡不肯起來，弗萊迪心中覺得甜蜜又好笑，「別礙事，去練琴。」

那貼著耳邊響起的低沉嗓音讓蘇杞弦一陣酥麻，覺得就連胸口都要癢起來。他微紅著臉起身坐到鋼琴前，練起拉赫曼尼諾夫的第二號鋼琴協奏曲。

上次去逛購物中心，只買了個冰淇淋就鎩羽而歸，這次唱片公司的人要來，蘇杞弦覺得自己必須去買些體面的衣服，於是和弗萊迪再度挑戰出門。

這次他們去的是市區的商店街，下車時，蘇杞弦聞到凜冽的冷空氣中帶著一股塵土味，這是都市的味道。附近不停傳來鏗鏗鏘鏘的敲打聲，讓他覺得很刺耳。

「怎麼這麼吵？」

「停車場前面的大樓在施工，好像在換招牌，我們繞過去然後右轉，就到商店街了。」

弗萊迪只有在為他解釋時會多說幾句，蘇杞弦心底一暖，放鬆了一些。

「好。」

抵達商店街，蘇杞弦像等待舞會邀約的淑女般，朝弗萊迪伸出手。對方把他帶著手套的手拽進臂彎，帶領他前進。

和上次一樣，兩人攜手同行的樣子引來一些不友善的注視，弗萊迪冷著臉一一瞪回去，他的身高和肌肉也有成功達到震懾的效果。

幸好他們的目的地距離停車處並不遠。弗萊迪推開玻璃門，讓蘇杞弦先進去。一名女性店員迎了上來，露出恰到好處的微笑。蘇杞弦在失明前是常客，店家也很清楚這名鋼琴家的不幸遭遇。

「歡迎光臨！蘇先生，好久不見了。你看起來很不錯！」

「妳好。」

蘇杞弦努力從聲音分辨是否是他認識的店員，但怎麼也想不起來，只好禮貌地朝聲音的方向笑了笑。

「今天要找什麼？要看看春夏的新系列嗎？」

「不，馬上要穿的。請幫我挑一套休閒服……和兩套西裝。」

「好的，請來這邊稍坐。蘇先生還是喝咖啡嗎？」

「是的，他也一樣。」

店員帶他們到服裝店內部像是休息區的地方，前方正對著一排更衣室。弗萊迪引導蘇杞弦在單人沙發上坐下，其他店員為他們端來了咖啡和點心，放在沙發旁的茶几上。弗萊迪還是第一次見到這種買衣服的方式，弄得像是來喝下午茶一樣，感覺很新鮮，又感嘆蘇杞弦果然跟自己是不同世界的人。

聽到店員走遠後，蘇杞弦鬆了口氣，靠著弗萊迪手臂低聲說：「你也買套黑西裝吧，到時候我上台，你也要跟著上來啊。」

弗萊迪沒有回答，只是捏了捏對方的手。

店員拿了好幾套服裝過來，熱切地向蘇杞弦說明款式。黑髮青年摸了摸手下嶄新的布料，神色遲疑。他記得這裡的更衣室挺大的……

「他可以跟我一起進來吧，我可能需要一些協助。」

「好的，請往這邊。」

店員帶他們進入試衣間，把衣服掛好，然後關門退出。兩個男人站在密閉的小空間裡，蘇杞弦扯著上衣鈕扣，用在家裡跟弗萊迪撒嬌的口氣道：「幫我……」

弗萊迪深吸口氣，覺得眼底都要冒火了。他壓下源自下半身的躁動，伸手過去。

「你是故意的吧？」

「什麼？」

蘇杞弦閉著眼，一臉茫然。弗萊迪耐著性子替他解釦子，此時蘇杞弦已經解開褲頭，短髮男人手指一顫，喉結滾動了一下，強迫自己別過頭。

「先穿哪一套？」

「你挑吧，」蘇杞弦小聲地告狀，「剛才店員說什麼，我都聽不懂，什麼『這季賣最好的款式』，連什麼顏色也不說，我哪看得到！」

弗萊迪好笑又心疼，拿起一件西裝褲蹲下來，一抬頭卻對上蘇杞弦深藍色的小內褲，忍不住心猿意馬，腦中浮現一些不適合在公共場合發生的畫面。

「扶著我肩膀，腳抬起來。」

蘇杞弦沒注意到弗萊迪比平時沙啞的聲音，輪流抬起左右腳伸進褲管，像個幼兒一樣任由弗萊迪替自己拉起拉鍊、穿好衣服。大功告成時，弗萊迪忍不住在蘇杞弦沒什麼肉的屁股上掐了一下。

「哇，你幹嘛……！」

店員正好進門來，脹紅臉的蘇杞弦只好強作鎮定。

「哎呀，蘇先生真英俊！這套小格紋西裝很適合你，穿起來還合身嗎？」

蘇杞弦動了動手，「還可以。」他自己看不到，只能側頭低聲詢問：「你覺得呢？」

「很好看，多買幾件褲子吧？」

弗萊迪摸了摸他的後腰，像在檢查服不服貼。蘇杞弦非常想瞪他一眼，努力掩飾羞惱的樣子看在對方眼裡十分可愛。

「別亂摸。」

他拍掉弗萊迪的手，臉頰微紅。轉向店員開口：「麻煩妳替他選一套黑西裝，要正式一點的。」

當他們試完衣服正要走回更衣室，一個陌生女人的聲音響起。

「在公開場合這樣，簡直丟人現眼！傷風敗俗！」

蘇杞弦一開始沒有意識到那個女人是在說自己，只是偏著頭傾聽四周，想了解情況。對方以為被無視了，惱羞成怒地走來。那是一名穿戴時髦的中年貴婦，同樣帶著一名隨扈。弗萊迪擋在兩人之間，冷冷地打量和自己身形相近的彪形大漢。

「這位客人……」其他店員連忙上前阻攔。

「你們都瞎了嗎？還是這品牌已經墮落到這種程度了，竟然讓同性戀在更衣室裡瞎搞！」

「他是視障者，需要人協助。」店員小聲地解釋。

蘇杞弦這才發現自己被針對了，他撥開弗萊迪的手站出來。

「這位女士，我們是不是同性戀不干妳的事，我們在店裡的行為也沒有影響到任何人，如果妳看不慣，可以離開。」

女客人一時無言，轉向店員怒道：「這就是你們的待客態度？」

「呃……」店員左右為難。

「如果你們繼續縱容這種行為，不僅對社會有不良影響，連帶品牌的形象也會變差，你們不管嗎？」

蘇杞弦在眼皮底下翻個白眼，「這個品牌的設計師本人就是Gay，妳不知道嗎？」

一旁的女店員忍不住噗哧一聲笑出來。

「我要客訴你們！」

「不好意思，我們今天的營業到此結束。」櫃台一名穿著套裝的女性放下電話，走向他們。

「什麼？」

蘇杞弦和中年貴婦都感到錯愕。

「女士，請妳往這邊請。」

弗萊迪正要帶著蘇杞弦跟上，卻見方才告知營業時間結束的那位女店員對他搖搖頭，露出神祕的微笑。店員帶著禮貌的笑容，送女客人和她的隨扈出了門口，然後在他們身後半拉下鐵門。

見蘇杞弦並沒有跟出來。那名女客人一愣，頓時聯想到這是精品店對待貴客的方式，難道那名瞎子竟是什麼VIP嗎？

「怎麼了？」

周圍忽然靜下來，蘇杞弦有些緊張地靠在弗萊迪身邊。弗萊迪見鐵門拉下，用身體半擋在黑髮青年面前，一臉陰沉地打量店員們。

「蘇先生，我們總公司的老闆非常喜歡您的演奏，也對您喪失視力的意外感到遺憾。剛才很抱歉讓您有了不愉快的經驗，店長特別交代請您多挑幾件，由本店招待作為賠禮。」

「啊？」

弗萊迪望向蘇杞弦，後者也是一臉莫名，常客如他不曾沒受過這等待遇。推辭了好一陣子，最後才拎了好幾個紙袋離開。

「替我向你們老闆和店長問好。」

「謝謝光臨！」

店員重新拉開店門，送他們出去。

沒想到今天出來購物沒花到半毛錢。弗萊迪暗自猜測送禮的人是不是暗戀蘇杞弦，也因這件事對蘇杞弦的名氣和魅力有更新的認識。

蘇杞弦也是腦袋一片混亂，他以前從沒遇過這種事，覺得失明以來反而看清不少社會現實。

弗萊迪低聲安撫他，拍了拍他的手背，「別生氣，不值得。」

「我沒有生氣……」

「你剛才讓我很意外，」弗萊迪打趣道：「原來小貓咪也是有爪子的。」

蘇杞弦過了好幾秒才反應過來，搥著對方手臂，「你說誰！你才是小貓咪！」

「哈……」

第一次聽到弗萊迪的笑聲，蘇杞弦一愣，胸口有些酥麻。

弗萊迪和蘇杞弦一路走回停車場。在經過正進行工程的舊大樓時，上方忽然傳來一聲驚呼：「小心！」

蘇杞弦一愣，抬起無法視物的雙眼往上望。兩根鋼管從他頭頂上方以極快的速度砸下來——

弗萊迪扔掉手中的紙袋撲了過去，抱住蘇杞弦往旁邊閃，背部一痛。

鏗鏘、鏗鏘！

金屬落地的聲音如此接近，蘇杞弦一驚，「怎麼了？」

「沒事，有東西掉下來而已。你沒受傷吧？」他上下檢查懷裡的男人，鬆了口氣。

「我沒事……」蘇杞弦皺眉，「你呢？」

「我也沒事。」幸好羽絨外套夠厚，不過覺背部悶悶疼痛著，應該是瘀青了。

有路人靠過來詢問他們是否需要幫忙，並幫他撿回紙袋遞來。建築物上方的工人不停大呼小叫，弗萊迪感覺蘇杞弦越來越緊張，連忙謝謝他們的好意，帶著蘇杞弦離開。

「沒事，回去吧。」

「好……」

回家後，在蘇杞弦的一再逼問下，弗萊迪才說出當時的情況。聽到鋼管砸在弗萊迪背上的時候，蘇杞弦嚇了一大跳，睜著那雙無神的黑眸面露驚恐。他記得醫藥箱裡好像有藥膏，翻箱倒櫃找了出來。

「我幫你擦藥吧，把上衣脫掉趴在沙發上。」

弗萊迪一臉不信任地看著他，又把那藥膏檢查過一次確定沒過期，才乖乖脫掉上衣趴在沙發上。原本以為蘇杞弦會站在旁邊，沒想到那男人卻跟著爬上來，騎在他屁股上，開始摸索他光裸的背。

弗萊迪一驚，覺得整個人都不好了。他想翻身，又擔心害蘇杞弦跌下去。剛才在更衣室看到的美景浮現腦中，那雙修長的腿、白皙的胸膛和小巧乳頭……

蘇杞弦從男人的腰部往上摸，找尋受傷的部位，覺得弗萊迪的身體摸起來十分緊實，他的手掌細細感受著底下的肌肉。

「唔。」弗萊迪忍不住呻吟一聲。

「痛嗎？」蘇杞弦緊張地問。

「不……」

底下的男人聲音比平時更為沙啞。蘇杞弦在肩胛骨附近摸到一塊鼓起的痕跡。

他的動作很輕，但弗萊迪卻被摸得生不如死，覺得那雙手經過之處都留下一條熱辣酥麻的痕跡，燒得他連骨頭深處都癢了起來。

蘇杞弦塗了些藥膏在腫塊上，用手掌緩緩替他將瘀青推散，趴在底下的男人倒吸口氣。

「很痛嗎？」

「不……用力一點。」

「唔？」用力按不是很痛嗎？蘇杞弦有些疑惑，但依言加大力道，沒注意到底下的男人呼吸越來越急促，像在忍受極大的痛苦。

弗萊迪正品嘗著快樂並痛苦的身心煎熬，就聽見蘇杞弦笑了起來。

「我這樣算盲人按摩師嗎？」

「……力氣這麼小，跟小貓一樣。」弗萊迪忍不住嘀咕，被這隻「小貓」搔得渾身發燙。

「什麼！」蘇杞弦生氣了，「啪」一聲用力往底下的裸背拍了一巴掌，男人悶哼一聲。替他療傷的人轉而下手施虐，弗萊迪也只能認命承受。

☆

買好衣服後就剩下見面當天要表演的曲目了。弗萊迪不太理解為什麼蘇杞弦這麼緊張，不過是有人來探望他，卻搞得跟演奏會一樣，從服裝到曲子都要挑選老半天。

蘇杞弦原本練琴的時間就長，如今更是把所有清醒的時間都拿來坐在鋼琴前面，有時練習舊曲，有時關在小房間裡進行創作。他想寫出呈現自己這段期間遭遇的曲子，像是孤寂或黑暗的感覺，卻一直無法順利表現出來。見他快把自己逼瘋了，弗萊迪提議不如出門走走，轉換一下心情。

正好這週末附近的廣場舉辦了露天電影放映會，弗萊迪向他解釋後，蘇杞弦也答應了。

美國有種露天電影院是把螢幕架在廣大的停車場或廣場上，讓觀眾直接開車入席，把廣播調到某個頻道就能接收到電影的音效，變成專屬自己的環繞音響，收費也很便宜。弗萊迪有時會去，但蘇杞弦則是完全沒有這種經驗。

因為不用下車，弗萊迪告訴蘇杞弦就算穿睡衣也沒關係，但那男人仍堅持穿上西裝才出門。他們在經過速食店時買了漢堡和咖啡，弗萊迪繳了錢，把車開進占地廣闊的停車場；因為蘇杞弦看不見的關係，弗萊迪不需要擠到中間找好位置，就隨意停在後方角落。

停好車後，他幫蘇杞弦調低椅背，讓他以舒服的角度仰躺，又拿了條毛毯裹住他，把食物放到他手邊。

弗萊迪微微拉下車窗，外面有其他車輛的引擎聲來來去去，蘇杞弦不曾來過美國的露天電影院，他腦中想像著無數汽車並排在螢幕前方，車裡的人可能是一個小家庭、朋友，或是情侶……頓時覺得十分有趣。車內瀰漫著起司牛肉和咖啡的香味，他躺在毛毯裡，覺得溫暖而放鬆。

他從來沒想過自己失明後，還能出門看電影，但這感覺並不壞。

說來可笑，在失明之後他其實有點害怕夜晚，特別是萬籟俱寂的時候，覺得自己好像也融化在黑暗中，感覺不到自己的存在，整個人快要消失。但現在躺在不算寬敞的狹窄汽車裡，引擎聲轟轟作響，他卻覺得心情很平靜。

大概是因為有人陪在身邊的緣故。

電影開場了，當那標誌性的主題曲響起時，蘇杞弦忍不住想笑，沒想到兩人的約會弗萊迪會選擇這一部電影。

「黑人主角覺醒了……他來到沙漠，遇到女主角，她是一個拾荒孤兒。追兵來了，在沙漠奔跑，打架，開飛機……是千年鷹，然後老人跟外星人登場……又開始打架……」

「噗，」蘇杞弦忍不住笑出來，「夠了，你在轉播體育競賽嗎？」

弗萊迪摸摸鼻子，有些後悔選擇選動作片。

「我只是想……」想讓蘇杞弦看懂，可以保有隱密性，又不用擔心講解劇情會吵到別人，因此選了這樣的露天停車場電影院。

蘇杞弦也明白他的苦心，笑容十分柔和。「看來我應該考慮找個專業主播交往。」

「不行！」

弗萊迪迅速的回答讓蘇杞弦心裡一甜，「那我應該找誰交往啊？」

「……會煮飯的。」還有幫你換衣服時能忍住不碰你的，這樣的人可不多。弗萊迪暗想。

隨著電影劇情進行，因為全都是打鬥場面，台詞實在不多，蘇杞弦很快就感覺無聊。他躺在椅子上昏昏欲睡，忽然感覺有東西碰了碰他的嘴角，像是面紙，蘇杞弦沒有在意，畢竟弗萊迪常常替他擦嘴。但下一刻他聞到男人特有的氣味靠近，帶著薄荷和馬鞭草的麝香，一個溫熱柔軟的觸感壓在他唇上，只停留了不到一秒隨即離開。

蘇杞弦一愣。

而弗萊迪在剛觸碰到蘇杞弦的時候就暗叫不妙，他感覺對方顫動一下，連忙抽身坐回駕駛座，拿起一旁的咖啡杯。

蘇杞弦表情疑惑，伸手碰觸自己的嘴唇。弗萊迪拿著咖啡的手竟然緊張到微微發抖，他擔心蘇杞弦下一秒鐘就會叫他滾出去……

「弗萊迪？」

「唔。」

「你剛剛是不是……」

弗萊迪的心提到胸口，七上八下地等待下一句……然而蘇杞弦卻皺了皺眉，說了句「算了」。弗萊迪暫時放下心來，喝了口咖啡，卻聽見對方再度開口。

「你喜歡我嗎？」

他差點把咖啡吐到方向盤上，咳了兩聲，內心掙扎片刻之後回答：「我沒有。」

蘇杞弦皺起形狀優美的眉毛，像是不滿意或是疑惑，「你坐好，不准動。」

弗萊迪一愣，就見蘇杞弦伸手過來摸他的臉，下一刻，整個人竟然靠了過來。他睜大眼看著蘇杞弦英俊的臉在眼前放大，這短短的過程在他眼中不可思議地漫長，他嘴唇微啾，溫熱的呼吸噴在他臉上，然後壓住他的嘴。

弗萊迪瞪大眼——蘇杞弦主動親了他？！

那柔軟的唇飽含著水分和甜度，弗萊迪用盡全力才克制住自己不要回應他的吻。蘇杞弦與他雙唇相接，比他之前偷親的時間還要久。最後，他放開全身僵硬的弗萊迪，語帶控訴地問：「你剛剛是不是偷親我？」

「沒……」

「明明就有，觸感是一樣的！」

弗萊迪決定死不承認，兩人僵持不下，車內氣氛與其說是劍拔弩張，卻比較接近尷尬和曖昧。蘇杞弦回想起之前在街上發生的事，弗萊迪為了保護他被從天而降的鋼管敲中背部，且距離頭部只有幾公分，稍有差錯就會危及性命，他卻毫不猶豫地衝過來保護自己……

如果只是一個管家，有必要做到這樣嗎？

蘇杞弦曾經疑惑過這點，但如果弗萊迪暗戀他，一切謎題就解開了。

回想起弗萊迪這兩個月來的細心照顧，蘇杞弦頓時五味雜陳。

原來他是用這樣的心情在照顧自己？但是為什麼不承認？

「你愛上我了，對吧？」

弗萊迪腦中一片混亂，「如果我說是呢？」

蘇杞弦理直氣壯地回答：「那你應該正式向我告白，追求我，然後我就會考慮看看。」

「……」

弗萊迪頓時無言了，心頭是前所未有地又甜又軟，他撫摸蘇杞弦泛紅的臉頰，內心充滿對他的喜愛。

「你知道你現在的處境很危險嗎？」

「啊？」

弗萊迪忽然伸手一扳，放倒蘇杞弦的椅子，然後欺身湊過去壓住他。

「喂！」

蘇杞弦才驚呼一聲就被封住嘴，弗萊迪在那張妄想已久的唇上碾壓，撬開柔軟的屏障，朝裡探去。蘇杞弦嘴裡還有咖啡拿鐵的味道，香甜帶著奶味，弗萊迪吸吮著他滑軟的舌頭，有點失控。

「嗚……」

蘇杞弦被親得都快哭出來了，感覺對方掀起自己的上衣，忽然有些害怕。他無力地推著對方的肩膀，卻發現兩人體型有顯著的差異，他根本推不開弗萊迪。

弗萊迪勉強放開他，喘著氣，「這才叫親你，剛才不算。」

「你……」蘇杞弦雙頰泛紅，睫毛甚至有些濕潤，「讓我起來！」

弗萊迪深吸口氣，起身讓蘇杞弦重新直起椅背，但依然抓著蘇杞弦的一隻手，輕輕撫摸著。見對方似乎恢復到平時溫柔無害的樣子，蘇杞弦漸漸冷靜下來，說話時又帶著在他面前特有的撒嬌口氣。

「你不能這樣，我還沒有答應你。」

弗萊迪感覺自己好不容易壓抑住的欲望又沸騰起來，他拿起蘇杞弦冷掉的咖啡一口喝完。

「杞弦。」弗萊迪注視著他，車內廣播仍盡責地撥放著電影的劇情，但兩人已無心去聽。弗萊迪索性關掉廣播，車內頓時只剩兩人的呼吸聲。「希望你記得一件事，將來無論發生什麼，記得，我對你是真心的。」

蘇杞弦有些困惑，仔細聽著男人低沉充滿磁性的嗓音。

「我沒有念過什麼書，也不懂古典音樂，我知道自己配不上你——」

蘇杞弦急忙打斷。

「別這麼說！配不配得上應該是由我來決定，你這樣、這樣是歧視！」

弗萊迪莞爾，又有些感動，捏了捏蘇杞弦的手。

「聽我說完。總而言之，我只想說，雖然我配不上你，但是我會好好照顧你，讓你開心。只要你願意，我會一直陪在你身邊。」

最後一句話完全打中蘇杞弦的死穴。他的成長環境富裕，名利雙收，但始終都很寂寞。蘇杞弦開始相信上天是公平的，他失去了視力，命運卻將另一種光明帶進他的生命裡。

☆

那天晚上，他根本不記得電影的結局是什麼，就連怎麼回家的都不知道。那男人把他當成牛肉漢堡一樣拚命地啃，把手伸進毯子下方撫摸他。蘇杞弦覺得這樣的行為實在太不紳士了，他對愛情的進行方式有一套 SOP，就像十八世紀的英國人一樣，首先要門當戶對，再來就是跳跳舞、唸唸情詩之類的，對方最好要會音樂，或是至少懂得欣賞音樂，這樣才知道他的價值。

然而他卻不討厭弗萊迪這麼做。

一點也不。

這男人就像空氣一樣默默圍繞在身邊。以前從來不曾特別意識過他的存在，一旦開竅，才發覺他的重要，蘇杞弦甚至難以想像和弗萊迪分開的生活會變成什麼樣。弗萊迪總是無微不至地照顧他、保護他……加上安娜請了長假去外縣市探望親戚，兩人更是過著小倆口般的生活，就連空氣都是甜的。

身為一個音樂家，蘇杞弦本質還是個浪漫主義者，他對愛情也懷有很大的憧憬，因此，他忽視了一個很大的問題——即使他們朝夕相處了三個月，事實上，他對弗萊迪的來歷根本一無所知。

這陣子，蘇杞弦腦中老是響起甜蜜的旋律，就像一道甜美的甘泉，流過枯竭已久的心。弗萊迪原本就非常周到細心，如今在照顧蘇杞弦的生活起居時更是多了一些溫度，簡直像把人放在手心上寵著。蘇杞弦書房裡的 CD 封面點字說明快完成，弗萊迪還在房裡找到幾本詩集，挑了些較短的情詩打成點字放在蘇杞弦枕頭邊。平時安靜的男人浪漫起來令人難以招架，蘇杞弦覺得自己可以再寫出五十首情歌。

琴聲在挑高寬敞的客廳迴響，輕柔細膩，纏綿動人……蘇杞弦陶醉在自己編織的旋律裡，十指在黑白琴鍵上飛揚，黑髮鬆鬆束起，隨著演奏者的動作顫動。相對於演奏者投入的模樣，坐在沙發上的經紀人和總經理一臉詭異，面面相覷。

第一首是蕭邦，聽起來憂鬱是正常的；再來是同樣抒情的拉赫曼尼諾夫。接著俊美的鋼琴家開始彈奏自己做的曲子。想起蘇杞弦的遭遇，露西和總經理都能理解曲調中陰鬱悲傷的由來，但是……接下來是怎樣，完全是粉紅色的氣氛啊！

曲罷，總經理忍不住開口，「最後這首曲子叫什麼？」

「叫……」蘇杞弦原本取名為《暗戀》，但想到弗萊迪也在客廳，頓時不好意思，「我還沒決定。」

他的經紀人露西嘀咕，「我打賭這首曲子一定跟愛情有關，大概叫什麼《給親愛的你》或《愛你永遠》吧？」

只是他們都知道，蘇杞弦自從失明後幾乎過著隱居的生活，到底是誰讓他寫出這麼甜蜜煽情的作品？

兩人同時看向站在角落，身材高壯的男人。

總經理低聲回答：「我看這首曲子應該叫做《在家遇到愛》吧？」

蘇杞弦彈完後收回手，轉向沙發的方向點頭，「獻醜了。」

他視線的角度沒有抓好，感覺就像對著空氣說話。客人頓時有些尷尬，他們對望一眼，抬起手來鼓掌。

「這是你這段期間做的新曲子嗎？」總經理開口。

「是的。」蘇杞弦走到沙發坐下。弗萊迪注意到他雙手交握，揑著自己的手指，這是他緊張時的動作。

「你的蕭邦彈得比之前還好，」曾替無數知名音樂家錄製唱片的總經理班奈特開口，「我很高興看到你在這麼艱難的情況下，仍然沒有放棄音樂。我知道突然發生這種事，你一定遇到很多困難……」

蘇杞弦內心一沉，知道接下來一定不是好話。

「明年我們想舉辦一場你的鋼琴獨奏會，時間應該會在夏季，還有半年左右的時間，你可以挑選一些自己熟悉的曲子。」班奈特委婉道：「至於和交響樂團合作，我想以你目前的狀態可能有些難度。」

蘇杞弦嘴角的笑容一僵。弗萊迪心想，完蛋了完蛋了，等下一定發飆。

「我會再多練習。」黑髮青年回答。

「獨奏會是一定能辦的，」班奈特說，原本想伸手拍拍他的肩，卻感覺背後一冷，站在角落的男人瞪著他直到他縮回手，「只是建議你不要只選高難度的曲子，像剛才的蕭邦就很好啊！然後下半場可以用你的獨創曲，不過老實說新曲子的旋律有點老套，會讓人覺得好像在哪聽過。」

深知藝術家都有一顆玻璃心的露西連忙補充：「我覺得很好聽，只要稍微修改就沒問題了！很適合當文藝片的配樂呢！」

片刻，蘇杞弦才開口，「好，我會試著修改看看。」

「你的演奏真的很棒，我覺得比以前更有感情了！」

「對，網路上的留言你都看了嗎？有這麼多人期待你復出，你要加油。」班奈特說。

聞言，弗萊迪更加不滿，這兩個人根本是登堂入室來欺負他家寶貝，簡直不能忍！把人弄哭是很難哄的，你們知道嗎！

「唔。」唱片公司總經理打了個冷顫，覺得客廳的空調可能是壞了。

「謝謝你們的意見，也很感謝你們今天特地過來。」蘇杞弦回答，笑容勉強。

弗萊迪送唱片公司的人到門外，忍不住開口，神色冷厲。

「蘇杞弦已經很努力了，他很完美，你們不喜歡不是他的問題。」

班奈特和露西面面相覷，都有些哭笑不得，看來蘇杞弦找了一個忠心耿耿的腦殘粉當男朋友啊。

第五章

回到家中，蘇杞弦已經不在客廳了。弗萊迪嘆口氣，收拾完客人用過的杯子後，敲了敲蘇杞弦的房門。

沒有回應。弗萊迪打開門就見蘇杞弦面朝下趴在床上，整個人散發出頹喪的氣息。

弗萊迪默默坐在他身邊，順著那頭軟滑的黑髮輕輕撫摸。

「我不彈鋼琴了……」蘇杞弦把臉埋在枕頭裡，含糊地說：「我要去學按摩……」

弗萊迪哭笑不得，「我覺得你很棒。」

「唱片公司的人不喜歡……反正，我就是沒才能……」

弗萊迪不知該如何回答，在蘇杞弦身邊坐了一陣子，絞盡腦汁想著各種安撫他的辦法。「不如我們來做蛋糕吧？你喜歡的巧克力布朗尼？」

蘇杞弦從床上爬起，伸手過去摸索著對方，想要從這個總是照顧他的男人身上得到慰藉。那悲傷無助的模樣讓弗萊迪心頭酸澀，他把蘇杞弦抱在大腿之間，靠在他頭上低聲開口，「不想彈就不要彈了，我可以養你。」

「可是我只會彈琴，」蘇杞弦委屈地說：「我只能去餐廳彈生日快樂歌，還有去教討厭的小孩，然後被家長性騷擾……」

「別亂說。」

弗萊迪哭笑不得，低頭輕輕吻了懷裡的人。原本只是想安慰他，但在蘇杞弦的配合下卻變成一發不可收拾的深吻。弗萊迪鬆開蘇杞弦後頸的髮帶，把他壓在床上。

「蘇老師，我的小孩今天彈得如何？」

「唔……爛透了。」

弗萊迪發出低沉的笑聲，心想蘇杞弦這樣絕對招不到學生的。但他的笑聲在黑髮男子伸手撫摸他胸口時戛然而止，呼吸微微急促起來。

「蘇老師，我付不出學費了，可以用別的付嗎？」

說完，弗萊迪一挺腰頂了下對方的下腹，不意外地看見蘇杞弦脹紅了臉。對方神情羞澀又好奇地摸著他的胸膛和二頭肌，然後低聲說了句。

「好啊。」

弗萊迪靜了片刻，蘇杞弦感覺對方稍微離開床舖，正想發問，胸口的衣服忽然被揪住，大力扯開。

「唔！」

蘇杞弦嚇了一大跳，還聽見釦子彈開的聲音，剛買的新襯衫就這樣壞了。壯碩的男人湊過來，吻在他唇上的力道卻格外溫柔，又充滿熱情；男人不停吸吮他的舌頭，親得蘇杞弦眼前出現光點，覺得靈魂都要被吸出來了。

弗萊迪扯開蘇杞弦的上衣，脫掉筆挺的西裝褲，把他壓在床上。蘇杞弦躺在自己面前，白皙的身體一絲不掛，以男人的標準而言有些過瘦，但弗萊迪深深、貪婪地看著他，覺得往後二十年都能靠回憶這個畫面達到高潮。

蘇杞弦不自在地屈起腿，雖然不想矯情，但躺在床上任對方視姦仍讓他十分尷尬。而這彷彿害羞的動作切斷了弗萊迪最後一絲理智。

他深吸口氣，努力回想在網路上看到的「和盲人做愛的注意事項」——

第一條，事先介紹一下環境，講解會做到什麼程度。

盲人在無法掌握周遭環境時會感到不安，因此最好選擇對方熟悉的環境，並說好今天會進行到什麼地步，讓對方安心。

第二條，善用聽覺、觸覺刺激。

盲人的聽覺、觸覺相當敏感，可以利用這個補足視覺的部分。撥放音樂，或是在房間裡噴一點香水，也可以達到不錯的效果。

「等等……」

蘇杞弦有點害怕，卻又不想放開這個男人，矛盾的情緒化為茫然無措的表情。房裡充滿沐浴乳香氣，傍晚柔和的陽光透進窗子，照在蘇杞弦沒有焦距的雙眼上，那雙眼瞳幾乎變成透明的琥珀色，像個漂亮的洋娃娃。弗萊迪在心中默念準則，湊在蘇杞弦耳邊低聲呢喃。

「現在，就在你床上，我要操你了，杞弦。」

蘇杞弦一顫，耳際開始發燙。感覺弗萊迪炙熱的呼吸噴在耳邊，對方伸出舌頭輕緩地描繪著他耳殼的形狀，舔著他的耳垂。

「不要怕，我會盡量小心……」低沉的聲音飽含情慾。

蘇杞弦側頭與他接吻，屏著呼吸想讓心跳不這麼急促，但怦通怦通的聲音直震耳膜，讓他莫名羞恥。弗萊迪盡量溫柔地撫摸他的身體，失控的欲望令他難以思考，只想盡情膜拜、取悅眼前的男人。

「你真美。」他說，握住蘇杞弦手腕一一親過那雙彷彿有魔力的手，把指尖平整的手指含入口中。這陣子蘇杞弦的指甲都是他剪的，回想起蘇杞弦昂著下巴對他伸出手的樣子，像隻不耐煩的波斯貓，心中更為愛憐。

「嗯……」

蘇杞弦抬起腿，用大腿內側摩擦對方，然後發現弗萊迪還穿著衣服。

「你還沒脫！」他控訴著。

「是，蘇老師。」弗萊迪故意低頭湊到他耳邊回答，又換來一陣顫慄。

「和盲人做愛的注意事項」第三條，要溫柔。

第四條，讓他觸摸你的身體。

弗萊迪抓住剛才親吻過的手，放到自己引以為傲的腹肌上。也許是因為盲人總是以手代眼，蘇杞弦平時就對弗萊迪的肌肉愛不釋手，此刻也是，那雙修長的手順著肚臍周圍薄薄的毛髮往下，充滿彈性的肌肉線條分明，體溫比平時炙熱許多，就像在為他燃燒。蘇杞弦在心中描繪出一具充滿力量的陽剛身體，在摸到那個昂揚的器官時，像被燙到一般縮回手。

「唔。」

弗萊迪望著他的眼神更為強烈，甚至有些猙獰，全身所有的細胞都叫囂著要進入蘇杞弦的身體。弗萊迪打開放在一旁的潤滑液，俯身吻他，一邊用浸濕的手指觸摸蘇杞弦下腹。他憐愛地撫過對方同樣堅硬的器官，小心探入他體內。

「唔、嗯……」

蘇杞弦微微皺眉。被強迫打開的感覺令他有些不適，也有一點點恐慌，但聽著弗萊迪同樣急促的呼吸，好像迫切渴求著他，讓他覺得很甜蜜，強迫自己放鬆下來，接受外來的入侵。

「弄痛我就……嗚、你就死定了……」

「杞弦……」覆蓋在自己身上的男人聲音比平時更為沙啞，「抱歉，我忍不住了……」

弗萊迪沒有給蘇杞弦太多時間習慣，稍微潤滑後，一個比手指巨大很多的東西捅了進來，讓他忍不住悶哼一聲，「啊，輕一點……」

「唔……」

那處被緊緊夾住的感覺令弗萊迪腦袋一白，他咬牙努力放慢速度。

「好痛、嗚嗚……」蘇杞弦無力地推著他。

「乖。」弗萊迪低頭親吻蘇杞弦皺起的眉頭，呼吸急促，「放輕鬆。」

蘇杞弦微微露出痛苦的表情，但沒有阻止弗萊迪更深入他的身體。平時兩人相處的種種在腦中掠過，他不由自主抓住弗萊迪的手，喃喃道。

「別離開我……」

「我在這裡，會一直陪在你身邊。」

兩人都稍微放鬆下來，弗萊迪抓起對方兩邊膝蓋，架到自己的肩上，同時塞了個枕頭在蘇杞弦的腰下。

這姿勢讓蘇杞弦莫名羞恥，卻讓弗萊迪更好活動，他趁機撞了進來，將碩長的陽物半分沒入，輕輕抽送著，看底下的人抽搐顫抖。

「還痛嗎？」

「嗯，好一點了。」

弗萊迪按著那雙膝蓋緩緩抽插起來，黑髮青年半懸空的腰部隨著動作搖擺，在床上任憑對方予取予求。弗萊迪撫摸對方的身體，捏了捏一隻小乳頭。

「啊！」

蘇杞弦的反應讓兩人同時倒吸口氣。弗萊迪又揉又摳，見蘇杞弦挺著胸欲拒還迎的模樣，原本因疼痛而有點軟掉的器官也抬起頭來。

「你喜歡這邊，嗯？」

「唔……」

感覺包圍自己的軟肉微微鬆開，蘇杞弦體內似乎更熱了。弗萊迪加快速度撞擊他的臀部，在那又熱又緊的小穴裡衝刺，沒多久自己先洩了出來。

一股熱流釋放在體內，蘇杞弦覺得自己被欺負了。

「嗚嗚……」

「別哭……」弗萊迪連忙抱住他。

蘇杞弦靠在他懷裡，捏著他的胸肌洩憤。

見床上的男人可憐兮兮地流著淚，無意識蹭著他的胸口尋求安慰，弗萊迪整顆心都軟了，剛釋放過的下身倒因此硬起來，想憐愛他又想狠狠操他。他舔去蘇杞弦臉上的淚水，濕熱的舌尖劃過眼角，蘇杞弦顫動睫毛，看起來脆弱而無措。

弗萊迪一邊親吻他，一邊把重新硬起來的勃起塞回蘇杞弦體內。

「你還來！」

「乖……」

弗萊迪堵住那張平時刻薄的唇，淺色的嘴唇已經被他吮得紅腫，性感誘人。這次他溫柔多了，抬起蘇杞弦一邊的腿，慢慢找到對方喜歡的角度，一次次碾壓、來回磨蹭，又撫摸他腫成兩粒小紅豆的乳頭。蘇杞弦身體不由自主地一陣抽搐，仰頭呻吟一聲。

「啊……」

「是這裡？嗯？」

弗萊迪又頂了蘇杞弦兩下，感覺那緊緻的甬道像活過來一樣主動吸吮他，把他纏得更緊。

「啊、不要了……嗚、嗚嗚……啊！」

蘇杞弦像是快要窒息一樣在床上扭動顫抖著，弗萊迪不停朝他體內從未被發掘的敏感點戳刺，他覺得自己要裂成兩半了，卻又不希望對方停止，終於被操得射出來。強烈的快感讓蘇杞弦下意識屏住呼吸，就連心跳都好像暫停了一瞬。他原本以為這場性愛會因此劃下美好的句點，弗萊迪這次卻堅持得比較久，把軟了身體的長髮男人翻過身來，再一次進入他，欲罷不能。

感覺自己和對方像發情的野獸般交配，蘇杞弦軟軟地罵著「混蛋」、「我要炒了你」，喘息間的呻吟卻越來越高昂。漆黑直髮紛亂地覆蓋在汗濕的肌膚上、床上，髮梢隨著每次撞擊而顫動。蘇杞弦感覺兩人相連的地方被摩擦得像要著火了，燃起他黑暗的世界，炙熱而耀眼。

做愛守則還有最後一條，「傾聽伴侶的聲音」，不過弗萊迪已經無暇顧及了。

☆

原本想用身體好好安慰傷心的雇主，雇主反而不領情，鬧起彆扭來，直讓弗萊迪哄了很久。為了提振雇主的心情，弗萊迪常會開車載他出去閒晃，有時去超市買菜，有時到山上或湖邊踏青。

蘇杞弦以前很喜歡大城市，他喜歡熱鬧的商店和歷史悠久的建築，人來人往，交通方便的都會區。但他現在卻覺得城市太吵，安靜的地方反而讓他比較有安全感。他們到郊外踏青時，弗萊迪可以毫無顧忌地摟著他的腰，遇到難走的地形就會用背的或抱他過去。他以前最討厭山上，現在卻很喜歡觸摸那些野花野草，特別是樹幹的質地，就連毛毛蟲在手上爬的觸感都覺得很有趣。

他們並肩坐在安靜的山坡上，聞著清新涼爽的空氣，弗萊迪有時會笨拙地敘述眼前的風景給他聽，但大多數時候就只是沉默地坐著。蘇杞弦以前空閒時喜歡去看畫展和攝影展，對他而言，創作就像把心裡的圖畫用音樂敘述出來，但他現在失去了視力，要把聽覺或其他感官接收到的感受轉換成音樂，對他而言是一項新的挑戰。

他決定暫時不創作了，但是依然維持每天練琴的習慣。值得高興的是蘇杞弦已經能準確無誤地彈出他想要的音符，能全心沉浸在樂曲當中，不用顧忌是否會按錯鍵。

弗萊迪又帶他去看了幾次露天電影，有一次看完後蘇杞弦還不想回家，又叫弗萊迪開車載他去看夜景。結果吹多了冷風，隔天蘇杞弦就發燒了。

失明又身體不適讓蘇杞弦非常缺乏安全感，幾乎二十四小時都要弗萊迪陪著，如果醒來找不到人就拚命按呼叫鈴。弗萊迪的耐心像是永遠用不盡一樣，哄他吃藥，餵他吃粥，替他擦汗換衣服，還兼陪睡……蘇杞弦覺得自己的父母都不曾這樣照顧過自己。

「等我病好之後，就給你加薪。」

蘇杞弦枕在弗萊迪胸口，像在喃喃自語般低聲開口。弗萊迪沒有回答，彼此都覺得越來越離不開對方。

病好之後，蘇杞弦還是威脅利誘、撒潑生氣要求弗萊迪一起睡，因為起床時有人在身邊，讓他很有安全感，不再害怕作噩夢醒不過來。弗萊迪答應了，他從沒見過像這樣自己爬進大野狼嘴裡，還一臉沾沾自喜的小羊。不過見識到蘇杞弦有多麼身嬌體弱，弗萊迪也捨不得折騰他，就這樣任憑他將自己撩撥得飢渴難耐。

☆

在弗萊迪的鼓勵下，蘇杞弦選了一首之前寫完又修改幾次後的曲子上傳到網路上。蘇杞弦以自己的家為背景錄的這首《新生活》一經上傳，短短兩小時點閱率就突破百萬。唱片公司得到消息，立即派露西打電話來祝賀。

掛上電話後，蘇杞弦立即打開電腦，要弗萊迪把網路上的回應一則則唸給他聽。

聽著那男人語氣平板地唸出「太感動了」、「我哭了」……蘇杞弦臉上的笑容越來越大，燦爛得讓弗萊迪移不開眼，忍不住盯著他看。

「怎麼，沒了嗎？」聽到聲音中斷，蘇杞弦疑惑地歪著頭。

「不，還有……」弗萊迪連忙將視線轉回電腦上，繼續唸著一則則的留言：

「聽到你受傷的消息，我哭了好幾天，一直祈禱上帝不要這麼早收回祂的音樂天使……」

「這首曲子好棒，讓人充滿勇氣！」

「曲子本身其實沒什麼新意，但是一想到作曲者本人的遭遇，一個忽然失明的人竟能寫出這麼樂觀向上的曲子，讓我非常感動！」

這則評論讓蘇杞弦自嘲道：「果然還是靠同情分數嗎？」

弗萊迪轉向他，認真地回答：「我認為這也沒什麼不好。」

蘇杞弦揚起一個苦笑。「是嗎？以後來聽我音樂會的人，到底是因為我的音樂，還是因為我是個視障鋼琴家？說不定大家是抱著好奇或慈善捐款的心態來的……」

「就算這樣，他們聽完也一定會喜歡上你的演奏。」

弗萊迪的話深深觸動了蘇杞弦，聽到他這麼篤定地說，就好像真的會實現一樣。

「你還真有信心……」

「當然。」弗萊迪完全不能理解蘇杞弦在怕什麼。他的戀人年輕漂亮，已經小有名氣，又有真材實料，只要克服心理障礙，重回舞台一定會比之前還受歡迎。

但蘇杞弦還在可憐兮兮地問：「你也是因為同情，才喜歡我的嗎？」

弗萊迪凝視對方，總覺得蘇杞弦能感受到他的眼神。

「不，我會喜歡你，大概是因為身體吧。」

他忍不住湊過去親了親蘇杞弦的嘴唇。

蘇杞弦一顫，頓時脹紅臉。「你幹嘛？」

弗萊迪解釋：「你閉著眼睛，好像在邀請我親你……」

「我是個盲人！」蘇杞弦惱羞成怒地大聲說道。

「……所以我可以一直吻你。」

他握住蘇杞弦的肩膀，再度壓住他的唇。弗萊迪含住那柔軟甜美的唇瓣，輕輕吮了一口，然後張口撥開他的雙唇，探入舌頭。蘇杞弦繃緊身體，對方特有的氣味充斥鼻腔，握住他肩膀的手是如此炙熱；濕熱的舌頭鑽進口中，和他的舌頭交疊，帶來一陣令他全身顫慄的快感。即使偶爾會耍點流氓，他知道弗萊迪待他一向很小心，親吻他的時候也是。蘇杞弦可以感覺到對方勃發的慾望，落在他身上卻化為溫柔纏綿的觸碰。失明以來種種挫折和鬱結在心的情緒，好像都因為對方炙熱的觸摸而消融。

「嗯……」

他忍不住發出低吟，伸手摸索著弗萊迪的臉和手臂。感覺對方的呼吸更加急促，吸吮他的力道微微加強，蘇杞弦覺得自己好像什麼食物一樣，不停被對方含弄啃咬。

弗萊迪在快要失控前放開他，和蘇杞弦額頭相抵，微微喘氣，似乎要努力平息身體一觸即發的慾望。這時，蘇杞弦忽然笑了起來。

「我們還沒簽約呢！」

他執起弗萊迪的大手。

「我不寫期限，也不加薪了，你就永遠當我的奴隸吧！」

蘇杞弦臉上有著前所未見的輕鬆笑意，還帶了點頑皮。弗萊迪忍不住拉起男人的手放到自己的唇邊，神情虔誠地親吻他的手背，像個優雅求愛的紳士。

「樂意之至。」

☆

蘇杞弦又陸陸續續發布了兩首新曲，在網路上掀起很大的熱潮。有不少人因為他的殘疾開始關注他，進而接觸他之前的作品，從留言和點閱率來看，他的樂迷竟比失明前增加許多。藝術原本就是很直觀的，每個人都各有好惡，很難判斷好壞。而他最新上傳的那首《愛情來自意外之處》，三拍子的旋律簡單卻輕快甜蜜，就像和戀人在遊樂園約會，或是牽著手在噴水池旁跳舞一般，讓許多樂迷聽得十分激動，更是不停猜測蘇杞弦在經歷重大創傷後，為什麼仍能寫出如此甜蜜可愛的曲子？

然而作曲家本人最近跟戀人的關係卻不太好。

起因是經紀人通知他，史威特集團主辦了一個慈善晚會想邀請他參與演出，這類活動蘇杞弦以前也參加過很多次，但特別的是對方有個附加條件，就是想約蘇杞弦單獨吃頓飯。

這個要求一聽就不單純。弗萊迪在網路上查了路易・史威特，結果出現一個有著古銅色肌膚、金髮藍眼的英俊小開摟著不同的妖豔美女的合照，以及無數花邊新聞的連結。他頓時聯想到那些包養女明星、和金主上床換取演藝機會的事，所以嚴正表明不想讓蘇杞弦去赴約。

蘇杞弦卻不以為然，也不想放棄這次的演出。他太久沒工作了，雖然目前還可以靠之前的版稅維生，但他非常渴望能重新站上舞台。

「只是吃頓飯而已，你想太多了。」

「只是吃頓飯，為什麼要你單獨赴約？」

這樣的對答至少進行過五次以上，然後蘇杞弦會不高興地說「我不是小孩子了」、「我自己會判斷」，接著就在不歡而散的氣氛中結束話題。

弗萊迪擔憂地望著他，即使經歷被綁架、失明、聘請來的管家將他家洗劫一空，蘇杞弦對人性仍有種盲目的樂觀，包括相信他這個基本上來路不明的人……他擔心如果有一天自己不在了——而這是非常有可能發生的——蘇杞弦會立刻被人騙財騙色，吃得連骨頭也不剩。

但是他不知道怎麼說服蘇杞弦。弗萊迪不知道怎麼講道理，因為從小到大沒人跟他講過道理，難道要把蘇杞弦揍一頓或餓個三天讓他聽話嗎？

高大的男人屈著身，低頭把冰淇淋挖成球形放在玻璃碗裡，四周放了些切好的奇異果、蘋果作為裝飾，又擠了點鮮奶油，看起來就像個高級甜點，然後端給坐在沙發上的蘇杞弦。

「水果跟冰淇淋，小心拿，水果上面插好牙籤了。」

「唔，謝謝。」

吃完冰淇淋，蘇杞弦心情好轉不少，原本以為弗萊迪會鬧脾氣罷工幾天，對方卻依然無微不至地照顧他。當他正放下心來，卻聽身邊的人說。

「我等會兒要出去一下。」

蘇杞弦大驚，「去哪裡？」

「去買點東西，見個朋友。」

見蘇杞弦表情驚恐，弗萊迪湊過去親親他的臉，「我很快就回來，想吃什麼我買給你？」

弗萊迪換好衣服出來，見蘇杞弦仍坐在沙發上，像尊雕像。聽見鈴鐺聲靠近，蘇杞弦轉向他，輕聲問：「你……還會回來吧？」

弗萊迪又好笑又心疼，過去抱住他，「亂想什麼，我很快就會回來。」

「……我不能跟你去嗎？我可以留在車上。」

弗萊迪揉著懷裡的人，簡直想把對方和自己揉成一體，「乖乖在家，等下給你一個驚喜。」

「好吧……」

又哄了一陣，弗萊迪才放開蘇杞弦。他拿了車鑰匙正要出門，回頭見黑髮青年還是一副悶悶不樂的樣子，無奈嘆口氣。

「要跟就來吧。」

蘇杞弦立即從沙發上爬起，跌跌撞撞地跑回房間換衣服。

車上開著暖氣，音響傳來輕快的爵士老歌，是由一名年輕女歌手和嗓音沙啞的男性歌手重新翻唱的。帶著搖擺節奏的歌曲充滿車內，蘇杞弦跟著唱「*I won't dance, don't ask me.*（我不會跟你跳舞，別來問我）」，把簡單的歌唱得荒腔走板，弗萊迪忍不住笑起來，也跟著唱：

You know what? you're so lovely.（你知道嗎？你真的很可愛。）

And, oh, what you do to me.（而且，哦，你對我做了什麼！）

I'm like an ocean wave that's bumped on the shore.（我就像海浪撞上岸邊，）

I feel so absolutely stumped on the floor.（絕對會跌在地板上。）

在歡樂的氣氛中到達目的地，弗萊迪停車，捏了下隔壁男人的臉，「在這裡等我。」

蘇杞弦點頭，他沒有問這裡是哪裡，只是乖乖聽著音樂等弗萊迪回來。弗萊迪很快就拿到訂製的東西，但沒有馬上上車，他站在看得見蘇杞弦的位置，靠牆掏出菸咬在嘴裡，並沒有點燃。一個戴著兜帽的男人走過來，停在他身旁，帽子下有一頭捲曲黑髮。

「大哥，」馬克說：「老闆一直在找你。」

弗萊迪哼了聲沒回答，避開馬克要替他點火的手。

「老闆說那件事是福斯柯洛幹的，這陣子他一直在找我們麻煩……你真的不回去嗎？」

「你沒說見過我吧？」

「當然沒有！」

透過車窗，弗萊迪瞄到蘇杞弦伸手摸索汽車前方的按鈕，像要尋找什麼。他把未點燃的菸往垃圾桶一塞。

「再說吧。」

他頭也不回地上車，兩人就像恰好遇見寒暄兩句的朋友一樣，馬克也立即離開現場。弗萊迪把手上的紙袋塞進蘇杞弦懷裡，「在找什麼？」

「想把暖氣調小一點。這是什麼？」

弗萊迪摸了摸蘇杞弦的手，確認他不冷之後才降低暖氣風量，開車。蘇杞弦拿出紙袋裡的東西，是一疊紙，他撫摸上面的紋路，醒悟過來時因為太激動全身一顫。

「樂譜？！」

「對，我請人將樂譜放大，印成凸版印刷。但是他們說最凸就只能印成這樣了，你摸得出來嗎？」

蘇杞弦不答，手指順著五線譜走了一陣，腦中出現對應的音樂，「大黃蜂？」

「對，你上次拉小提琴的曲子。」

因為鋼琴譜太複雜，他決定先拿看起來單純一點的小提琴譜來試試。弗萊迪在整理書房時發現了《大黃蜂的飛行》，想到那時候蘇杞弦中斷演奏時沮喪的樣子，就挑了這首曲子。

「杞弦？」

趁著停紅燈，他瞄了一眼，然後發現蘇杞弦正抱著樂譜淚流滿面。弗萊迪一愣，連忙抽了幾張面紙塞進他手裡，「怎麼了？」

「我……」蘇杞弦哭著說：「我都聽你的，不去表演了……」

後方車輛開始狂按喇叭，弗萊迪只得繼續開車，他關上音樂，於是車裡就只剩下暖氣和蘇杞弦的啜泣聲。弗萊迪心情複雜，過了一陣子才開口。

「我不是那個意思，只是因為你之前說過樂譜的事情，才試試看。」

「嗯。」蘇杞弦咽嗚一聲，像隻可憐兮兮的小動物。

「還有那個演出，我只是不希望你受傷。」

「嗚。」

「別哭了……」

褐髮男人停好車，用圍巾把蘇杞弦繞個幾圈，然後從另一邊抱出車子，一路抱回家。門一關上，他就忍不住把蘇杞弦壓在牆上，不停吻他。

「嗚……」

樂譜掉了滿地，蘇杞弦輕哼著，任由對方脫掉自己的褲子。他有點害怕，卻又盲目地信任面前的人不會傷害他。弗萊迪非常想就這樣進入，不過最後還是把蘇杞弦抱進房間。一躺在熟悉的床上，蘇杞弦立即放鬆下來，他對弗萊迪眨了眨那雙沒有作用的眼睛，感覺男人湊過來，吻在他眼皮、鼻尖上，蘇杞弦彎起嘴角。

被好好疼愛了一回後，蘇杞弦立即打了電話回絕那場演出。露西不斷在電話中叫著好可惜，是不是因為史威特太帥讓他男朋友吃醋了？還向蘇杞弦打小報告，告訴他上次被弗萊迪「威脅」的事，聽得蘇杞弦心花怒放，又多寫了一首情歌。

在春風得意的狀態下，蘇杞弦信心滿滿，即使拒絕了表演機會，仍滿腦子都是復出的念頭。他選擇了一間四星級飯店的高級餐廳做為復出的第一個舞台。每年生日他都會在那間餐廳吃飯，用舞台上的鋼琴表演幾首曲子，並接受其他賓客的祝福。在蘇杞弦成名後，那天晚上的預約更是爆滿，甚至要好幾個月前就預訂。

☆

今年因為情況特殊，餐廳一直沒接到蘇杞弦的預約，不少客人頻頻詢問，讓餐廳經理急得焦頭爛額。因此當弗萊迪打電話去預約時，餐廳經理簡直感動得痛哭流涕，無論有什麼特殊要求都一口應下。之後，餐廳員工就「不小心」在自己的Twitter上洩漏這個消息，當晚的座位頓時被預約一空，就連唱片公司也要靠交情才能拿到一桌。

第六章

十二月二十一日，蘇杞弦身穿一襲全黑的亞曼尼西裝，脖子上繫著白色的小領結，挽著一名類似保鑣的男人走進餐廳。修剪到齊肩長度的黑髮用絲帶繫在腦後，臉上帶著溫和的微笑，除了多了一副墨鏡之外，看起來和之前沒什麼不同。這是蘇杞弦失明後第一次正式出現在這麼多人面前，他像個大明星一樣，在眾人關切的視線中走向座位，姿態優雅從容，只有被他緊緊抓住手臂的弗萊迪知道他真正的心情。

飯店經理主動過來打招呼，為他帶位，神情也有些緊張。周圍不少人望向蘇杞弦的眼神都帶著憐憫，弗萊迪忽然想起蘇杞弦說過的話，當時他只覺得蘇杞弦像個玻璃心的青少年在自暴自棄，如今卻發現他說得沒錯。

在場的人也許不及蘇杞弦有成就，也沒有他的才華，然而所有人卻都用同情的眼神看著他，彷彿他是最不幸的人。他聽見旁人在竊竊私語，聊天中幾次出現蘇杞弦的名字，這種感覺連身為陪襯的他都覺得不舒服，更何況是在話題中心的蘇杞弦。但黑髮青年只是優雅而從容地微笑，輕聲答謝飯店經理的關心，只有交握的手指透露出他的緊張。

今天是蘇杞弦二十八歲生日，弗萊迪很想叫他別逞強了，他想帶他回家，讓他穿著睡衣、頭髮散亂地待在家裡，他可以為蘇杞弦做一個喜歡的蛋糕或任何想吃的菜……而不是像現在這樣衣冠楚楚地坐在這裡，吃著高級西餐，姿勢優雅卻食不知味。

「我看起來還好嗎？臉上沒沾到東西吧？」

蘇杞弦低聲問他，拿著刀叉的手微微顫抖。他可以感覺到大家的視線，周遭的竊竊私語偶爾會出現他的名字，他甚至能聽見幾個熟悉的聲音。

「沒事，你做得很好。」弗萊迪回答：「湯在你左手邊十點鐘方向，牛排大概剩兩口左右。」

「嗯。」

生日的前一個禮拜，蘇杞弦特別要求餐廳在打烊後讓他過來練習，從用餐到走位，從門口到座位、舞台、廁所……如今他對餐廳的桌椅位置爛熟於心，用餐的姿勢更是無懈可擊。

目睹這一段過程的飯店經理和服務生看到蘇杞弦順利開始用餐，也非常感動。

「經理站在角落，他看起來快哭了。」

聽弗萊迪這麼說，蘇杞弦放鬆了些，甚至有心情開了句玩笑，「過了今天，終於不用再吃牛排了。」

坐在對面的男人低聲笑起來，「不想吃就放著，回家我煮消夜給你吃。」

蘇杞弦板起臉，假裝生氣地說：「別浪費了，你知道這一客多少錢嗎？」

不過老實說他也覺得如坐針氈，很想快點結束這一切，回家讓弗萊迪煮碗麵給他吃都比坐在這裡輕鬆。但他來這邊不是純粹為了吃飯慶生，和往年不同，今年的生日晚餐同時是宣告他復出的重要舞台。

好不容易吃完主菜，在上甜點之前，蘇杞弦站起身，在眾人矚目中走向小舞台，弗萊迪在他背後虛扶著他的腰，送他步上四層的階梯。台上原本演奏的樂手自動讓開，蘇杞弦面對大家優雅地行禮，在鋼琴前就座。

容納數十人的餐廳瞬間靜了下來。蘇杞弦依然戴著墨鏡，因為失明的緣故讓他有些缺乏表情，恰好掩飾他的緊張。他伸出雙手放在琴鍵上，冰冷的熟悉觸感令他安心，一對鑲著藍寶石的袖扣在反摺的白色袖口上閃爍。蘇杞弦深深吸口氣，按下琴鍵。

第一首他選擇了艾爾加的《愛的禮讚》作為開場，溫馨柔和又耳熟能詳的曲調，令餐廳洋溢著愉悅放鬆的氣氛。而且這首難度不高，剛好作為熱身。

結束之後，右手兩個跳躍六度的音開啟了蕭邦的第九號《夜曲》，蘇杞弦按著琴鍵，慢慢放鬆下來，優美帶有一絲憂鬱的琴音回響在華麗寬敞的餐廳內，觀眾們也面露陶醉的表情。

弗萊迪站在舞台後方，默默注視蘇杞弦的側臉。在金黃色的燈光下，黑髮青年每個動作都透出無限優雅，琴音悠揚，墨鏡下的半張臉安詳而放鬆，就像在觸碰珍貴的寶物一樣仔細專注。他腦中想起蘇杞弦在家不修邊幅的模樣，即使受挫也不願求助、只會躲在房間哭……不過最近倒是越來越會撒嬌了……

而舞台上的蘇杞弦和平常判若兩人，優雅中帶著掌控一切的氣勢，美得令人移不開視線。

弗萊迪忽然有種奇怪的想法，他希望蘇杞弦不要復出，永遠和他兩個人與世隔絕地躲在家裡，只有他能看到這男人的可愛之處，能獨占他的美好……

蘇杞弦一曲彈罷收回手，底下寂靜片刻，立即爆出如雷掌聲。蘇杞弦轉向觀眾點頭微笑，如今已完全放鬆。他又演奏了幾首練習曲，包括前陣子讓他挫折萬分的《冬風》當作應景。最後他開始彈奏自己編寫的聖誕組曲，將家喻戶曉的聖誕歌如《*Winter Wonderland*》、《*Christmas is the Best Time of the Year*》、《*Jingle Bells*》等連結在一起，最後演奏了生日快樂歌，客人們一聽見前奏，很有默契地一起為他唱起來，同時服務生將蛋糕推到舞台前方，音樂聲結束，眾人齊聲鼓掌叫好。

「謝謝大家，」在歡樂的氣氛中，蘇杞弦扶著鋼琴站起來，轉向眾人，「今天是我的生日，今年發生了很多事，對我個人來講，算是多災多難的一年……」

他聽見背後細微的鈴鐺聲，對著眼前的一片黑暗微笑，「但是正如一句中文諺語，『塞翁失馬，焉知非福』，失去視力之後，我反而看到不少以前沒注意到的東西，也得到很多，現在我覺得自己很幸運，也很快樂。」

弗萊迪聽到他這麼說，胸口一緊，有種甜蜜又惆悵的心情。

「之後我會繼續在音樂這條路上努力，謝謝大家這段時間的關心，也希望大家繼續支持我，謝謝。」

在掌聲中，服務生端了一杯香檳走上來，蘇杞弦準確接過，然後餐廳經理出聲邀請大家共同舉杯，祝賀蘇杞弦生日快樂。

「乾杯——」

在雜亂的祝賀聲中，蘇杞弦忽然聽到一聲奇異的聲響破空而來。他頭皮一麻，下意識往弗萊迪身上撞去，把他撲倒在舞台上。弗萊迪很快翻身，把蘇杞弦護在自己身下，並躲到鋼琴後方。

尖叫聲四起。

「有槍！」

砰！砰砰！

「叫警察！」

又是一陣尖叫，蘇杞弦感覺弗萊迪翻身把他扶起，在他耳邊低語，「燈被射中了，你知道怎麼去廁所嗎？帶我去。」

蘇杞弦手腳發軟，但男人環在腰上的手臂溫暖而強勁，為他帶來勇氣。四周一片漆黑，呼喊和腳步聲雜亂，其中潛藏著敵人。蘇杞弦靠著之前的訓練走下舞台，迅速而準確地走到廁所，聽見喧鬧聲離自己越來越遠，微微鬆口氣。

弗萊迪沉默而緊繃地跟在自己身邊，蘇杞弦以為他們要在廁所躲到警察過來，弗萊迪卻把他塞進小隔間裡，吩咐他鎖上門，除非聽到他的聲音否則不要開門。

「你、你要去哪裡？」

蘇杞弦的聲音充滿驚恐，手裡被塞進一個東西，是他的鈴鐺。

「我馬上回來，記得鎖門。」弗萊迪迅速親了下他的嘴唇，把蘇杞弦的手放在門內側的鎖上，關上門，轉身走向已經亮起緊急照明的餐廳，眼裡充滿和平時不同的冰冷殺意。

拿下鈴鐺後，男人無聲無息地融入陰影中。弗萊迪貼著牆移動，龐大的身軀在前進時不發出一點聲響，像隻蓄勢待發的大型貓科猛獸。他靠在牆上從轉角探頭過去，在緊急照明的昏暗燈光下，他看見賓客們擠向出口，但因為入口寬度有限只能慢慢前進，像老鼠一樣擠在一起。男士扶著女伴，女性抓著皮包，在驚慌中有人撞到桌椅或碰倒酒杯，地上一片杯盤狼藉。

他瞇著眼環顧眾人，一名服務生站在人群邊緣，像在幫忙疏散一樣緊盯著擠在走道上的客人，但弗萊迪可以從他的姿勢判斷出他身上有槍，於是矮身拾起一塊碗盤碎片扔向另一邊的牆角，碗盤鏗鏘落地，那名服務生迅速轉過頭去，從右手掏出一把自動手槍。

還在餐廳裡的客人又尖叫起來，場面再度變得混亂。弗萊迪以不可思議的速度竄了出去，撲向那名服務生，子彈擦過他的手臂，但他在尖叫聲中將那名男子撞倒，纏鬥不到十秒，就抓住服務生拿槍的那隻手。

弗萊迪握住對方的手肘用力往地上連撞了幾次，手槍滑了出去。同時他的腹部受到一記撞擊，男人抬起膝蓋踢他，左手掏出一把刀子。

弗萊迪扭頭閃過，對著男人的胸口使勁踢出一腳，對方在翻滾出去的過程中弄翻幾張桌子，四周驚叫連連。弗萊迪又撲上去抓住襲擊者的手，往手背方向一折，手腕喀擦一聲，對方發出介於怒吼和哀嚎的喊聲。

對方的動作在弗萊迪眼裡破綻百出，他可以輕易扭斷那人的脖子，但弗萊迪只是揪著男子的頭髮，膝蓋抵著後背把人按在地上，隨後聲音沙啞地大喊：「來幫忙！」

有人認出他是蘇杞弦的保鑣，見他把嫌犯壓制住，站在附近的男客人伸腳把槍踢開，也有兩三個男人大著膽子湊上來，幫忙抓住地上的男人。在混亂間，弗萊迪在服務生耳邊低語。

「告訴你的雇主，想殺我，得出高一點的價碼。」

趴在地上的服務生用怨毒的眼神回瞪他。弗萊迪站起身來，裝作費盡千辛萬苦的樣子喘了幾口氣。有人拿了膠帶過來，把那名服務生的手綁在背後。還在餐廳內的職員和客人都鬆了口氣，七嘴八舌交談起來。

「把他綁起來！」

「警察呢？怎麼還沒到！」

「有沒有人叫警察了？」

「你沒事吧？」

有人上前慰問他，弗萊迪點點頭，他的西裝袖子被子彈劃破，又在打鬥中撕裂了幾個口，但他才不會因為這蹩腳的暗殺受傷，這人的身手比黑市擂台上的小混混還差得多。他看情況已經控制住，轉身走向蘇杞弦藏身的洗手間。

蘇杞弦坐在馬桶蓋上，四周很安靜，安靜到他覺得像要被無邊的黑暗吞沒。黑暗啃食著他，從手腳的邊緣開始，一點一點將他融進陰影中，就連呼吸也變得不真切。他縮起雙腳，把臉埋在膝蓋之間，緊緊握住弗萊迪的鈴鐺。

他又想起被綁架的時候，明明失明前的記憶已經漸漸模糊，那段回憶卻清晰如昨。洗手間外頭隱約傳來一些聲音，而每當有腳步聲接近，蘇杞弦就不禁心跳加速，劇烈得像要從喉嚨蹦出來。不知道過了多久，他聽見門被打開，熟悉的低啞聲音響起。

「是我。」

弗萊迪打開廁所隔間的門，裡面的男人抬頭，臉上滿是恐懼和無助，這一幕讓弗萊迪過了好幾年仍無法忘懷。蘇杞弦一身西裝，卻像個害怕的孩子般縮著身體，空茫的眼睛對上他。

「杞弦。」弗萊迪內心一痛，連忙把他扶起來。蘇杞弦一身冷汗，無法克制地不停顫抖。

「沒事了，我們回家。」

「嗯……」

蘇杞弦有些腳軟，靠著弗萊迪的攙扶慢慢前進，他發現對方聞起來似乎哪裡不太一樣……

火藥味？

蘇杞弦神色大變，用力抓住他的手，「你沒事吧？你受傷了？」

弗萊迪立刻回答：「我沒事。警察已經來了。」

蘇杞弦一臉緊張地在他身上摸索，碰觸到西裝上的裂痕時手指有些顫抖，但似乎就只是衣服破掉而已，可能是剛才逃難的時候勾破了。見他滿臉擔心，弗萊迪緊繃的表情稍微軟化，他轉身抱住蘇杞弦，親吻他的頭頂。

「真的沒事，別擔心。」

懷裡的身體一僵，然後漸漸放鬆下來。被男人強壯而溫暖的身軀包圍，蘇杞弦劇烈的心跳終於漸趨和緩，他貪婪地把臉埋在弗萊迪的胸前呼吸，像要確認弗萊迪的存在。他們站著擁抱了好一陣子，直到弗萊迪感覺蘇杞弦的顫抖沒剛才這麼厲害，才扶著他緩緩走向餐廳。

前來調查的刑警來回走動，今晚在場的客人中不乏政商名流，除此之外還有唱片公司高層，甚至還有演藝人員。雖然事發之後，大家立即聯想到蘇杞弦幾個月前被綁架的事件，但也不能確定目標是他，畢竟在場許多人都是大有來頭或仇家眾多。客人們都證實了弗萊迪英勇制服兇手的事蹟，警察又問了蘇杞弦幾句話就放他離開，沒有人想為難一個不幸失明的音樂家，加上他一副驚嚇過度的模樣。

回家的路上，蘇杞弦異常沉默。回家後弗萊迪泡了杯加了焦糖的熱牛奶，然後看著蘇杞弦走回房間換下西裝，再走向浴室洗澡。蘇杞弦看起來有些驚魂未定，在他進入浴室後沒多久，弗萊迪聽見一聲巨響。他慌忙衝去浴室，開門一看，就見蘇杞弦全身赤裸地坐在磁磚地板上，所有的瓶瓶罐罐打翻了一地，他盲目地四處摸索，像要分辨掉落物。弗萊迪從來沒見過蘇杞弦如此無助的模樣，那景象讓他難過得胸口發痛。

「杞弦！」

他關掉蓮蓬頭，伸手扶起蘇杞弦。男人白皙纖瘦的身體十分惹眼，甚至比他幻想得還要漂亮誘人，但他現在沒有心情欣賞。蘇杞弦的黑髮濕淋淋地貼在臉上，弗萊迪替他撥開，拿了條毛巾幫他擦乾。

「怎麼了？」

「東西打翻了……」

「沒關係，你有沒有受傷？」

蘇杞弦搖搖頭，彷彿沒有意識到自己一絲不掛，一臉茫然地任他擺布。

弗萊迪替他擦了擦身體，用浴袍包住他，將他抱回房間的床上，又問了一次他有沒有受傷。

蘇杞弦搖搖頭，忽然開口：「那些人是不是來殺我的？」

弗萊迪搖頭，才想起蘇杞弦看不到，回想他方才的模樣，忍不住伸手輕輕摟住他，「不知道，不要擔心……」為了安撫蘇杞弦，弗萊迪說了句連自己都不相信的話，「警察會處理的。」

「到底是誰？為什麼要一直害我……到底想怎樣……我做錯了什麼？」

蘇杞弦靠在弗萊迪懷裡喃喃道。弗萊迪抱著他，內心煩悶又愧疚。

今天那名殺手的反應，十之八九是衝著他來的，看來組織已經發現他沒死的事了。接下來還會有更多的麻煩……

他該離開了。

他看著懷裡的男人，內心無比掙扎。

弗萊迪替蘇杞弦吹乾頭髮，穿好睡衣，又泡了杯加了焦糖的熱牛奶給他喝下，哄著他上床躺好。但當他要轉身離開房間時，蘇杞弦卻抓住他的衣服。

「不要走……」

弗萊迪腳步一頓。

「弗萊迪，陪我……」

看著黑髮青年難得脆弱的模樣，他終究還是捨不得。快速洗個澡換上睡衣後，他回到蘇杞弦的房間，躺上那張大床。

蘇杞弦馬上靠了過來，和他抱在一起。弗萊迪溫熱高壯的身軀給他很大的安全感，他終於放鬆下來，慢慢睡去。

隔天早上醒來，蘇杞弦發現自己枕在弗萊迪肩膀上，手腳都纏著對方。回想起昨天晚上，他的生日演奏以一場槍擊莫名其妙地收場，他被弗萊迪塞在廁所裡，一直擔心如果對方不回來了該怎麼辦……

槍擊雖然可怕，但他說不定更害怕弗萊迪會一去不回……

身旁的男人發出規律的呼吸聲，蘇杞弦緩緩伸手輕撫對方的臉，一邊在心中勾勒弗萊迪的模樣。對方的呼吸聲和體溫讓他心情稍微平復，然後他很順手地繼續摸索男人的身體——

哇，這胸部真大，還有乳溝，有沒有D罩杯啊……唔？腹肌這是六塊……八塊？他知道弗萊迪會做一些運動，不過沒想到肌肉這麼結實。

雖然已經上床過好幾次，但因為害羞，蘇杞弦一直沒有好好觸摸過對方。修長靈巧的手指沿著弗萊迪的肌肉線條摸索，他沒有注意到男人的呼吸聲變了頻率，只是一心感受對方的身體。

他往下摸到睡褲的鬆緊帶，忽然很好奇，他知道弗萊迪那兒的尺寸很大，不過具體而言到底多大？

蘇杞弦伸手往下探，一隻大手卻按住他。在猥褻對方的過程被抓個正著，蘇杞弦微微紅了臉，有點心虛。

「早安。」弗萊迪的聲音似乎比平常低啞，聽起來有種滄桑的性感。

「早、早安……」

兩人一時沉默，在尷尬中，蘇杞弦遵行惡人先告狀的準則搶先開口，「你幹嘛裝睡？」

「被你弄醒的。」

弗萊迪依然壓著他的手不放，蘇杞弦挑釁地說：「不能摸嗎？」

弗萊迪抽了抽嘴角，最後神情無奈地放開手。蘇杞弦如願以償，甚至得寸進尺地把手伸進弗萊迪的睡褲裡，只隔著一層四角褲把對方直挺挺的晨勃握在手中，他原本得意的表情轉化成驚疑不定。

這、怎麼可能這麼長……騙人……？！

蘇杞弦的手指很長，然而對方勃起的長度卻遠遠超過他的手掌，他虛握了一下，果然沒辦法一手掌握。這東西，竟然能進去他身體裡面！難怪每次都覺得自己要被捅穿了。

弗萊迪深深吸口氣，聲音比平時沙啞。「摸夠了嗎？」

「還沒……」

下一刻，弗萊迪竟然也把手伸進自己的褲子，拉下四角褲，抓著蘇杞弦的手握住自己。那粗長的器官熱得燙手，蘇杞弦發出一聲怪叫，想縮回去，弗萊迪卻握著他的手擼動起來。

蘇杞弦脹紅臉，感覺底下的男人翻身側躺，用空著的手按住他的腰，兩人貼在一起親吻。他被吻得情慾高漲，伸出另一隻手包裹住弗萊迪的勃起，一邊接吻一邊幫他手淫。男人的呼吸變得急促，悶哼一聲，很快地在他手裡達到高潮。

弗萊迪射了不少在他手上，蘇杞弦原想出言調侃，又覺得內心充滿甜蜜的愛意。弗萊迪把他的手拿出來擦乾淨，忽然壓在他身上，將蘇杞弦困在他自己和床鋪之間，比平時更為激烈地吻他。

「嗯……」蘇杞弦緊閉雙眼，漆黑的睫毛形成漂亮的扇形，臉頰泛著紅暈。繼人炙熱的呼吸拂在他臉上，舌頭纏綿而深入地入侵他的口腔。弗萊迪一邊親吻一邊解開蘇杞弦睡衣的釦子。蘇杞弦臉頰發燙，覺得有點難為情，卻絲毫不想反抗。

弗萊迪掀開他的上衣，低頭親吻他的胸口，把那小巧誘人的乳頭含入口中。尖銳的快感讓蘇杞弦身體一顫，腰部反射性向上一挺，把自己的乳尖更加送進對方口中。乾燥粗糙的手掌摩擦著他的肌膚，蘇杞弦覺得又麻又癢，一股想要更多的渴望從心底湧出，讓他全身發燙，呼吸急促。

弗萊迪一邊含著他的乳頭，一邊伸手扯下他的睡褲。蘇杞弦輕哼一聲，忽然有點害怕，感覺覆蓋下半身的布料突然空了，敏感的器官暴露在空氣中。

壓在他身上的男人微微抬起身體，像在檢視他的裸體一樣忽然停止觸碰他。蘇杞弦用手掌擋住下腹，小聲地說：「每次都……這不公平……」

他羞澀的樣子足以讓每個男人發狂。弗萊迪眼神一暗，拉開蘇杞弦的手，對方的下腹覆蓋著一層稀薄的體毛，底下筆直漂亮的性器高高翹著。

他張口含住蘇杞弦的勃起。

這動作刺激太大，蘇杞弦忍不住全身一顫，膝蓋微微曲起，低吟出聲。

「等、等一下……嗚……」

感覺最敏感的部位被濕熱的口腔包圍，舌頭上下舔舐著自己，一時之間，蘇杞弦腦中一片空白，只剩下陣陣蝕骨的快感傳遍全身。溫熱的大手包覆他的臀部輕輕揉捏著，弗萊迪吸吮他快要爆發的性器，發出淫穢的水聲，又像對待心愛的東西一樣上下舔著柱身。

「啊！嗚……」

蘇杞弦伸手胡亂抓著弗萊迪的頭髮，不由自主地抽搐，腰部笨拙地往上挺。埋在他下腹的男人無暇開口，低沉地「嗯」了一聲，他出聲時帶來一陣痲癢，從口腔傳到蘇杞弦原本就瀕臨爆發的堅挺上。蘇杞弦下腹一緊，忍不住射了出來。

「啊、啊——……」

他下意識想往後縮，弗萊迪卻緊緊握住他的臀部按向自己，用力吸吮頂端的小孔，在蘇杞弦帶著哭腔的呻吟中接下那股溫熱的液體，毫不猶豫地嚥下。

劇烈的快感讓蘇杞弦無法克制地抽搐顫抖，連腳趾頭都蜷了起來，失明已久的雙眼彷彿看到一絲白光。

弗萊迪躺回床上抱住他，剛才在取悅蘇杞弦的過程中，他發洩過一次的器官又有了反應，不過他並不打算更進一步。他像在安撫般用手掌摩挲著蘇杞弦的背部，親吻他的臉。

「你喜歡我嗎？」蘇杞弦輕輕問。

「……我愛你。」

懷裡的身體微微一震，他聽見蘇杞弦哼了一聲。

「終於承認了，那你要開始追求我了嗎？」

弗萊迪哭笑不得，什麼都做過了，蘇杞弦還在問這個？

「我不知道怎麼追求人，你可以教我，我會……我願意為你做任何事。」

蘇杞弦終於滿意了，閉著眼，嘴角揚起一個慵懶的微笑。

「你知道嗎？以前有個富商送我一對十克拉的鑽石袖釦，要我當他的情人；還有人跑了半個美國，追我每一場的巡迴演奏，每次都送我一束九十九朵玫瑰……」

「你想要那些嗎？」

蘇杞弦思考片刻，他真正希望的是——

「我想看看你。」

弗萊迪眼神閃過一絲心痛，他抓著蘇杞弦的手放到自己臉上。對方一邊摸一邊喃喃開口，「如果我在失明前就認識你該有多好，就算一眼也好，真想看看你的樣子……」

弗萊迪一陣難受，忍不住回答：「其實你見過我。」

「真的？為什麼？」

蘇杞弦很驚訝，正要追問，就聽見外頭傳來一陣門鈴聲。兩人面面相覷片刻，弗萊迪輕輕把他推開，從床上爬起。

「我去看看。」

他拿了一套家居服放在蘇杞弦手邊，轉身離開房間。

一名金髮藍眼的俊美男人大搖大擺地走進別墅，他的身材如模特兒般高大勻稱，穿著一套純白色的西裝，手裡捧著一大束紅玫瑰。弗萊迪在看到他的瞬間就知道對方的身分了，頓時提高警覺。金髮男人身後跟著兩個有著一模一樣容貌的褐髮男人，像是生怕別人不知道他們是保鏢一樣，兩人都穿了一身黑還戴上墨鏡。

穿戴整齊的蘇杞弦坐在單人沙發上，握著馬克杯，因為來不及吃早餐而有點不開心。他聽見超過一個人的腳步聲朝他靠近，一股濃郁的花香迎面撲來。

玫瑰……？

正疑惑誰會帶著玫瑰花來看他，蘇杞弦就聽見「咚」的一聲，好像有重物落地。他一愣，站在沙發旁的弗萊迪按住他的肩膀安撫他。

「誰……？」

「蘇杞弦，原諒我吧！我會養你一輩子的。」

金髮男人在他面前單腳下跪，高高捧著玫瑰。

客廳一陣寂靜，站在他身後的兩名保鏢忽然感覺到一股殺意，兩人動作一致地按住口袋裡的槍，警覺地左右張望，卻什麼也沒發現。雙胞胎保鑣疑惑地面面相覷，像在照鏡子一樣。

弗萊迪默默收回視線。

「什麼？怎麼回事？」蘇杞弦一臉錯愕，完全搞不清楚狀況。「弗萊迪？」

他下意識尋求戀人的協助，後者走上來坐在他身邊，摟住蘇杞弦的腰。

金髮男人抬頭，並不在意弗萊迪宣示主權般的動作和冰冷的眼神，他仔細看著蘇杞弦那雙閉上的雙眼，訕訕站起身。

「我叫路易・史威特。那個……」他的音量忽然變小，「就是我叫人綁架你的。」

「啊？！」蘇杞弦手一抖，險些把咖啡打翻。弗萊迪連忙接過他的杯子放到一旁。「你說什麼？」

「就是……呃，你知道凱薩琳・琪恩吧，《鋼琴迷情》的女主角。她是……我的女朋友。」路易不安地轉頭看了看自己的保鑣，站在左後方的男人對他比了個大姆指作為鼓勵，右後方的男人則說了句「少爺加油」。「就是那陣子，她老是在說你的事，不過是個會彈鋼琴的小白臉……呃，我是說，我看你們拍戲外還通過幾次電話，也不知道避嫌，於是就想教訓你一下……」

蘇杞弦的臉色越來越難看，雙手緊緊交握。

「但是！我真的沒想過要殺你！也沒給過那些小混混槍，對你開槍的人並不是他們……昨天晚上發生的事也跟我沒關係！你一定要相信我！」

「你……」蘇杞弦氣得肺都要炸了，「所以說，你叫人綁架我……後來還花錢叫布魯克不要說出去？」

「對啊，你請來的那些私家偵探，一個比一個難纏，簡直是獅子大開口……我本來想請你吃飯賠罪的，但是你又不答應。」路易嘟嘟囔囔說道，把玫瑰花放到蘇杞弦腿上。「總之，過去的事就算了吧！我會好好照顧你的下半輩子，對你負責的！不管需要多少錢都沒問題，我可以替你找一間最好的啟明學校……」

「去你媽的啟明學校！」蘇杞弦怒吼一聲，忍無可忍地抓起花束，朝著說話的人一陣猛打。他身後的保鑣驚叫，過來想拉住他，弗萊迪張開手臂以一擋二阻止他們靠近。

「住手！」

「別打我家少爺！」

「要打的話。」

「就打我好了！」

他們露出一模一樣的驚訝表情望向弗萊迪，像在接龍一樣輪流開口。路易被打得哀哀叫，鮮紅的玫瑰花瓣四處飛散，直到手中的花束只剩下莖，蘇杞弦才氣喘吁吁地停下來。

心心念念的仇人竟然是這麼一個白癡，除了揍他一頓，蘇杞弦一時之間也不知道該怎麼辦。

「少爺！」

「您沒事吧！」

那兩名保鑣一臉悲痛地扶住金髮男人，白西裝一片狼藉，花瓣和水漬的痕跡遍布。

「凱薩琳還說你是個紳士……」路易嘟嘟囔囔，「好了好了，總之我會負責的，有什麼需要你就告訴我，不用跟我客氣。」

「客氣你個大頭！給我滾出去。」蘇杞弦坐回沙發，弗萊迪拍了拍他的背，於是他又補了一句：「先把客廳整理好再滾出去。」

那兩名雙胞胎保鑣認命地拿了掃帚畚箕，笨拙地掃起地上的花瓣，腆著臉問弗萊迪「垃圾桶在哪裡」，然後他們的少爺丟下一句「我不會放棄，改天還會再來的」，就在蘇杞弦的怒罵聲中落荒而逃。

然而一走出蘇杞弦家，路易立刻冷下臉皺了皺眉，朝身後吩咐。

「你們去查查他身邊的那個男人。」

第七章

蘇杞弦坐在沙發上默默沉思，他聽見鈴鐺聲來來去去，之後聞到一股烤麵包的香味，混合著花生醬的甜香，讓他漸漸放鬆下來。弗萊迪端了荷包蛋和烤吐司過來，靠著蘇杞弦坐下，替他鋪上餐巾。

黑髮男人邊吃邊開口，「你覺得他說的是真的嗎？」

弗萊迪猶豫片刻回答：「我不知道。」雖然早預料會有這麼一天，但他內心深處不太想面對這個話題。蘇杞弦知道越多事情的真相，就越接近他們分開的一天。

也許他昨天就該走的……

「他長得怎樣？」

「金髮藍眼，年輕，穿著白色西裝。」而且很帥。弗萊迪決定保留這個評論。

蘇杞弦放下咬了一半的吐司發愣，想像一個英俊的金髮男人穿著白西裝，還捧著一束玫瑰花，頓時又好氣又好笑。那自稱路易的男人說的話也很奇怪，老說要照顧他跟負責任，搞得像在求婚一樣。

「他說他叫什麼名字？路易？」

「路易・史威特。就是之前經紀人說，要求要跟你單獨吃飯的人。」

「原來如此……所以那個演出機會，也算是『好好照顧我』吧？」

蘇杞弦嘲諷地說。接過弗萊迪遞來的手機，按下搜尋功能，唸出剛才聽到的名字，沒多久手機就傳來機械女聲用平板的聲調唸出第一筆搜尋結果。

「史琪戀緣盡，凱薩琳：早已分手，祝他幸福。」

蘇杞弦：「……」

「三十二歲知名演員凱薩琳・琪恩今年初曾被周刊記者拍到與S集團小開路易・史威特深夜幽會，兩人大方承認戀情。針對前日路易・史威特摟辣妹上夜店狂歡一事，凱薩琳表示兩人不久前已和平分手，祝他幸福。」

蘇杞弦：「……」

下一個搜尋結果則是：

「富二代爭風吃醋，夜店上演全武行。S集團小開路易・史威特，驚傳昨日（十四號）凌晨一點時在知名夜店 Milky 與V集團小開王約翰發生爭執，雙方帶著保鑣大打出手，多名客人遭受波及……警方到達現場後立即取走監視畫面展開調查，不排除將以傷害罪起訴。根據了解，王約翰與凱薩琳・琪恩交往甚密，而今年初路易・史威特曾被周刊記者拍到以價值三千萬跑車深夜護送凱薩琳・琪恩回家，根據現場人士指出，兩人有可能是爭風吃醋……」

蘇杞弦嘆口氣，差不多相信了路易的話，心情十分複雜。

「好吧，所以他今天上門，是想澄清他跟昨天的槍擊沒有關係。」

「也許。」

「這到底是怎麼回事……」

蘇杞弦皺眉沉思，而他還沒吃完手中的吐司，門鈴又再度響起。

他一愣，喃喃說道：「今天是怎麼回事？」

弗萊迪放下早餐打開門，這次來的是兩名警察，針對昨天的事件又詢問了一次細節，包括弗萊迪制伏歹徒的過程。待警察離開，吃完冷掉的早餐後，已經快中午了。蘇杞弦正想詢問弗萊迪昨天的事，卻又聽見門鈴響起。

「看來今天注定不能平靜……」

這次是唱片公司的露西和一名弗萊迪沒見過的男人。

「早安，蘇先生，我和菲爾來看你了。」

蘇杞弦連忙起身寒暄，臉上又掛起溫和俊雅的微笑。菲爾是他上一張專輯的製作人。兩人一開始慰問了蘇杞弦昨天的事，後來就談起他的創作。

「我和班奈特昨天也在那間餐廳，他很欣賞你昨天的演奏，其他客人也讚不絕口。還有你放在網路上的曲子，我們都覺得很棒，所以派我來問問你有沒有興趣簽約，讓我們為你製作專輯。」

蘇杞弦表情不變，內心卻忍不住嘀咕：第一次聽的時候明明批評得要死，一定是因為點閱率已經超過千萬才改口的……

但聽到唱片公司的人這麼說，他還是很高興，頓時忘記昨天的混亂。製作人又提議他以「悲傷」和「浪漫」為兩大主題，再創作幾首曲子，他的構想是一開始要表現出絕望憂鬱的氣氛，後半部曲目則要充滿愛情與療癒感。露西還問他有沒有興趣幫流行歌手譜曲，據說是一位盲人歌手聽到他的創作和遭遇十分感同身受，希望和蘇杞弦一起聯手創作……

他們談了很久，送走唱片公司的人後，蘇杞弦感到十分疲倦。今天接待太多客人，嘴角都要笑僵了；加上聽到太多消息，他覺得腦中一片混亂。蘇杞弦連彈琴都覺得累，他爬上二樓進入書房，摸索著放滿 CD 的架子。

最近幾年買的 CD 已經都貼上點字標籤了，其中出自蘇杞弦之手的可能不超過五張，剩下全都是弗萊迪替他打好貼上的。蘇杞弦撫過 CD 封面，從指尖辨識出專輯的名稱、演奏者跟曲目，甚至還有交響樂團、指揮者和錄製年分，非常詳細，也展現了製作者強大的耐心。弗萊迪幫他將書籍按照字母順序排好，書背當然也貼上了點字標籤。

蘇杞弦用指尖來回撫摸細小的凸點，他選了張 Andrea Bocelli 的 CD 放入音響，在這位義大利男高音飽滿而充滿溫度的歌聲中，心情慢慢平靜下來。

要是之前，他也許又會躲回自己的殼中好幾個月，但有了弗萊迪在身邊，他總覺得事情總會迎刃而解。弗萊迪為他做的事，超出一般管家的工作範圍太多了……這男人到底是從什麼時候開始喜歡上他的？

從來沒有一個人這麼照顧他。他的父母從他有記憶以來就不太和睦，只有在督促蘇杞弦學鋼琴時有志一同，他們提供充分的資金讓蘇杞弦學琴，但對他的生活不太關心。蘇杞弦從小就拚命練琴，除了因為把琴練好會受到讚美之外，有頒獎典禮時父母也才會一起出現，拿著獎盃或獎狀難得一起拍張全家福。然而當他前腳一出國，他的父母就像終於擺脫掉包袱一樣馬上離婚了。

到了這個年紀還埋怨父母似乎有點可恥，但蘇杞弦心中難免遺憾。他努力練琴，努力出人頭地，就是希望有一天能再看到父母並肩坐在觀眾席上，為他鼓掌。雖然他已經無法親眼看到這一天了，但卻有另一個人，即使自己一身狼狽，也告訴他「你是最漂亮的」，願意為他和持槍的歹徒搏鬥……

清亮的鈴鐺聲靠近。弗萊迪走進書房，見蘇杞弦站在書櫃前發呆，就把裝了點心的托盤放下，走到他身後。

「怎麼了？」

蘇杞弦上樓時明顯疲累的樣子讓他很擔心。

黑髮男人向後靠到弗萊迪懷裡，兩個人貼在一起的時候，總是讓他清楚感受到兩人體型的差異。蘇杞弦以前總以為會找個和自己差不多的對象當戀人，無論是男是女，一定會是個優雅纖細、熱愛藝術的人。現在這樣，只能說命運真是奇妙。

弗萊迪輕輕摟住他的腰，低頭凝視蘇杞弦的頭頂，猜想他戀人漂亮的小腦袋裡在想什麼。

「你會一直留在我身邊嗎？」

這問題殺得弗萊迪措手不及，他不願欺騙蘇杞弦，不知該如何回答。

「弗萊迪？」

「我……」他收緊手臂，「我現在沒辦法保證，但是我很想留下來。」

「什麼意思？」

「我……我不知道能不能讓你幸福，我希望你能一直健康快樂……」

蘇杞弦原先還有些不安，聽到後來忍不住笑出來，以為弗萊迪又陷在「我配不上你」的迴圈中。

「好吧，那你得更努力點。」他抬起下巴，「聖誕節我要吃麻油雞，不要烤雞。你會做嗎？那是我家鄉的美食。」

「我上網查查。」

望著蘇杞弦彎彎的眉眼，弗萊迪心想，他看起來比剛見面時快樂很多，只希望蘇杞弦知道真相後不會太恨他。

☆

弗萊迪很快就被迫面臨抉擇。

在槍擊事件過後三天，弗萊迪和蘇杞弦一起度過了一個溫馨的平安夜，一起躺在大床上入眠。弗萊迪睡到一半忽然聽到外頭有些聲響，他看了眼熟睡中的蘇杞弦，替他蓋好被子，然後提著裝滿子彈的手槍走出門。

一個穿著警衛制服的男人抓住另一個男人，另一名警衛則把他的手銬到背後。路易也來了，一臉睡眼惺忪的模樣，身後依然站著那對雙胞胎保鑣，一人端著熱咖啡，一人拿著大衣替他披上。

在上回路易‧史威特來訪後，他就不顧蘇杞弦的意願，擅自派了保全人員輪班巡邏蘇杞弦家四周。

「這些人，平安夜也不休息的嗎？」路易低聲埋怨著。

「史威特先生，這個人在附近鬼鬼祟祟地遊蕩，看到我們就跑。他身上有槍。」

「我知道了，送去警察局吧。」

金髮男人朝警衛吩咐完後，向弗萊迪走來。

「我不管你是誰，反正現在蘇的安危是我的責任，如果你的存在會危害到他，就別怪我不客氣。」

弗萊迪沒有回答，默默站在寒風中目送保全人員的車遠去，四周恢復寂靜。

「他會需要一個新管家。」

路易挑眉。「我會派一個專業管家過來。」

「我不在的時候……請你好好保護他，拜託了。」

路易有些意外地看了他一眼，弗萊迪不等他回答，轉身回到別墅內。蘇杞弦依然熟睡著，神情安詳。他想著蘇杞弦期待拆禮物的表情，內心一陣酸澀，真的很不想離開這個男人。

綜合馬克帶來的資訊，其實弗萊迪很早就查出來了，那天在郊區開槍的人目標是他而不是蘇杞弦。如果他繼續待在蘇杞弦身邊，很有可能會為他帶來危險……事實上也已經發生兩次了。然而被一個外人指出來，還是讓弗萊迪有些不是滋味。

弗萊迪知道自己不該待在這裡，但是蘇杞弦到現在自理能力還是很差，連獨自出門都不敢，如果自己離開了他要怎麼辦？下一個管家會不會好好照顧他？

不可否認，他遲遲不走最大的理由就是自己的私心，他不想離開蘇杞弦。但弗萊迪更不願看到蘇杞弦又因為他，再度受到傷害……

至少等到聖誕節結束吧，弗萊迪心想。

要留下任何陰霾。這是他們第一次一起度過的聖誕節，他希望蘇杞弦從頭到尾都開開心心的，不

☆

「你說什麼？」

蘇杞弦放下筷子，一臉錯愕，以為自己聽錯了。

「我說我要離開一段時間，去處理一些事情。」

黑髮青年一臉震驚，過了好一陣子才低聲問道：「離開多久？」

「我也不知道，可能需要……一段時間。」

麻油雞誘人的香味充滿客廳，蘇杞弦卻忽然沒心情吃飯了，他垂著頭說：

「……不能過完年再走嗎？」

那可憐兮兮的模樣讓弗萊迪簡直要被罪惡感淹沒了，想到他連稍微出去一下蘇杞弦都要跟，內心更是難分難捨。

「杞弦，我保證事情結束馬上回來。」

雖然已經決定不再自暴自棄，聽到弗萊迪的回答還是讓蘇杞弦不禁洩氣，如果他不是瞎子，也許就能一起去了，說不定還能幫上忙。但事實是不管弗萊迪要去辦

什麼事，自己都只有礙手礙腳的份。

蘇杞弦放下刀叉，一臉落寞地走回房間。

看著他的背影，弗萊迪覺得難受得快要無法呼吸了，他大步追過去，緊緊抱住蘇杞弦。

「真的不能帶你去，我會盡快回來……」

蘇杞弦在他懷裡嘀咕，「你要去哪裡？」他忽然身體一僵，推開弗萊迪，「你該不會結婚了吧？」

「不是！」弗萊迪哭笑不得。

「唔……」

見弗萊迪老是不願回答自己要去幹嘛，蘇杞弦皺眉露出懷疑的表情。

「那你到底要做什麼？就算我幫不上忙，我也有認識一些朋友，如果你遇上什麼麻煩……」

見蘇杞弦此刻還在擔心他，弗萊迪深深吸口氣，徹底被罪惡感擊潰。他忽然覺得夠了，他不知道自己能不能平安回來，至少應該親口告訴蘇杞弦真相。弗萊迪在內心咒罵自己，該像個男人一樣敢做敢當。

弗萊迪把蘇杞弦拉到沙發坐下，自己在他腳邊單膝跪下，斟酌著該如何開口。

黑髮青年伸手觸摸他，摸出弗萊迪跪地的姿勢，微微紅起臉，「你幹嘛？」

他還以為弗萊迪下一刻會拿出戒指，告訴他「等我回來之後我們就結婚吧」，卻聽到弗萊迪用沙啞的聲音說道。

「對不起。」

蘇杞弦一怔。

「你……冷靜聽我說，我就是你一直在找的人。在你失明前曾經見過我，那時候我正要去附近的農場，你剛從綁匪手中逃出來，叫我開車載你去報警。」

黑髮青年一臉震驚，張著嘴說不出話來。

「那時有人追了上來，對我們開槍。不過他們的目標不是你，而是我。」弗萊迪停頓片刻，「你可能忘記了，那時候我有拿槍出來反擊，後來汽車油槽中彈，車子就爆炸燃燒起來……」

蘇杞弦腦中忽然浮現當時的場景。

那男人身材高大，穿著深綠色T恤和牛仔褲，短髮，有一張輪廓深邃的西方人臉孔，但表情十分冷硬，要不是蘇杞弦正走投無路，一定不敢主動找他說話。對方用藍色的眼睛打量他後，就答應要載他。然而歹徒卻追上來攻擊他們，那男人拉著他躲到車後，從口袋裡掏出手槍，毫不相讓地扣下扳機，硝煙味和炸裂聲四起，嚇得蘇杞弦恨不得挖洞把自己藏起來。再接下來，就是開車逃逸跟翻車……

弗萊迪看著蘇杞弦額頭上不太明顯的痕跡，「是我把你拖離爆炸現場的，那一帶都是草，火燒得很快。我自己也受傷了，所以後來就拋下你先去治療。當時你的傷看起來並不嚴重，我沒想到你……我一開始懷疑過那些人是不是你帶來的，後來才發現原來你只是湊巧被人綁架到那附近。」

蘇杞弦腦中一片混亂，努力要理解弗萊迪說的話。

「我想讓襲擊我的人以為我死了，就找了個地方躲起來，沒有回到原來的住處。然後我在街上遇到安娜，她介紹我來這裡工作。」

沒想到自己人生中唯一做的兩件好事都跟蘇杞弦有關，弗萊迪愧疚地仰望蘇杞弦越來越蒼白的臉，很想像之前一樣抱緊他安慰，卻不敢伸手。

「你……你……」蘇杞弦頓時無法呼吸了，「所以你不是安娜的親戚？」

「不是。」

他的回答讓蘇杞弦受到很大的衝擊，感覺自己所知的世界整個崩塌了。他還沒完全搞懂狀況，卻也沒有勇氣繼續問下去。

失神了好一會兒，蘇杞弦忽然想起來，弗萊迪還跪在他身邊，他胸口一痛，難受得喘不過氣來。上一刻他還以為戀人會向他求婚，現在卻覺得對方像個陌生人。

「你真的叫弗萊迪嗎？」

「我的本名是弗雷，但是——」

「夠了！」竟然連名字也是假的，這終於壓斷蘇杞弦心中最後一根稻草，他的臉頰因為憤怒而發燙，同時卻又全身冰冷，不停顫抖。原來這一切都是假的，全心照顧自己的人竟然是個騙子，他一直隱瞞身分、欺騙著自己，而自己竟然還傻傻地愛上他……

「杞弦……」低啞的聲音帶著一絲懇求，蘇杞弦聽在耳裡，胸口一陣刺痛。

「滾出去。」

弗萊迪抬頭，呆呆看著淚水從那雙無神的眼睛流出，眼眶也跟著紅了。

「我說滾出去！」

蘇杞弦朝他怒吼，搖搖晃晃地站起身，推開弗萊迪伸過來要攙扶他的手。

「我不想再看到你了！雖然我也看不到了，而這一切都是拜你所賜。」

對方的話深深刺傷弗萊迪，他眼底露出一抹痛楚，看著蘇杞弦跌跌撞撞地躲進自己房間，砰地甩上門。他不希望這樣結束，不希望他們之間最後的回憶是以爭吵作為句點，然而卻也無力挽回。

弗萊迪開車駛向郊外——他和蘇杞弦初次相遇的地方——那裡是他的私人住處，不在幫裡或酒吧度過時就會來這裡。他腦中不停浮現稍早和蘇杞弦的對話，以及那張蒼白而悲傷的臉。很久沒看過蘇杞弦這麼難過的模樣了，而起因竟然是自己。

車內音響撥放著悠揚的小提琴曲。

離開時，弗萊迪帶走一片蘇杞弦的專輯，封面上蘇杞弦穿著西裝靠在三角鋼琴上，一雙漂亮的黑眼睛神采煥發，長髮及肩，比他看過的任何明星都還要俊美。

他感覺自己可以盯著那張照片看一整天。不，也許他的下半輩子，都只能靠那張專輯封面度過了。

弗萊迪眼中浮現焦灼的神色，又帶著深深的自責。蘇杞弦是這麼全心信任自己，然而自己卻背叛了他的信任。

離開蘇杞弦不過短短幾個小時，他的內心就被痛苦和思念占據。他一邊希望蘇杞弦不要難過太久，一邊卻又祈求對方不要忘記自己，在一切結束之後，能給他一個挽回的機會。

離開蘇杞弦住的高級住宅區，穿越城市，經過一片荒涼的草原後，一棟白色的建築映入眼簾。弗萊迪將車子停下。屋前的草皮已經長得很高，弗萊迪走到門前，門上原本貼的蘇杞弦的聯絡方式被撕了下來——他交代馬克這麼做的——注意到屋裡有人時，弗萊迪表情一變，眼神頓時變得冷厲，他掏出手槍躡手躡腳走進屋內。

一名年約四十的男人坐在他家客廳，他有一頭微捲的黑短髮，正翹腳看著電視，偶爾跟著低笑幾聲，雪茄的菸味瀰漫客廳，兩名穿西裝的男人站在沙發後方，廚房還有另一個人。弗萊迪猶豫一下，還是放下槍走了出去。他認識這個男人。

「泰勒先生。」

站在沙發後方的人們這才察覺他的存在，紛紛掏出槍轉身。看電視的中年男子揮了揮手，「好了好了，都放下吧。」

弗萊迪走到一旁的單人沙發坐下，名為泰勒的男人抬眼看他，打量那張冷峻的臉，「玩夠了？終於想回來了？」

「前兩天是你派人來的嗎？」

弗萊迪的問句讓氣氛又緊張起來，附近三個男人全都看著他，伺機而動。黑髮男人——本州著名的黑幫老大，現任「冥王」的教父布里斯・泰勒——卻笑了起來。

「是福斯柯洛那狗娘養的混蛋。」泰勒吸了口菸，「正好你回來了，我們一起對付他。」

弗萊迪搖搖頭，「你當我已經死了不行嗎？」

黑髮男人神情險惡地瞇起眼。這段期間以福斯柯洛為首的幫派處處與他們為敵，不但吸收他們的小弟、砸場子、搶他們的貨，甚至還派人暗殺他底下最凶惡的殺手。那場爆炸後，有「地獄看門犬」之稱的弗萊迪行蹤不明，福斯柯洛的挑釁也越來越明目張膽……但從剛才的回答，泰勒很明白弗萊迪是刻意隱瞞行蹤，想從此脫身。

「你以為他會輕易放過你嗎？就算你離開『家裡』，他還是不會放過你，還有你那彈鋼琴的小情人。」

弗萊迪內心一沉。他沒有回答，但心裡很清楚泰勒說的是事實。當初他的確想趁著爆炸假死離開幫派，然而既然已經知道他沒死，恐怕他們都不會放過他。

不管是福斯柯洛，或是泰勒都一樣。

他不是沒想過帶蘇杞弦離開。他有一些錢，足夠讓他們躲到一個誰也不認識的地方好好生活。但是就算蘇杞弦願意，弗萊迪也捨不得讓蘇杞弦放棄自己的事業。弗萊迪還記得蘇杞弦想成為一個國際知名的音樂家，總有一天讓父母再前來聆聽音樂會的夢想。然而，只要蘇杞弦還繼續公開演奏，就難逃有心人士的追蹤。

和他不同，蘇杞弦的未來應該是光明坦蕩的。

弗萊迪從十三歲開始到處流浪的生活。因為父母吸毒，他被送去了寄養家庭，寄養家庭的父母會檢查他的書包、手機，他每天放學後被規定必須坐在客廳，不能回到自己的房間，直到睡覺時間為止。他最後忍不住逃出去，輾轉換了好幾個住所，一開始在餐廳當洗碗工，卻被誣陷弄壞器具而失去工作和容身之地……

弗萊迪二十歲時被布里斯的父親帶回幫裡，那時候他在黑市擂台已經是很有名的拳擊手。一個半大的少年，卻有著驚人的耐力和攻擊力，屢戰屢勝，而當時他的代號就是電影殺人魔「弗萊迪」。弗萊迪的學習能力很好，無論是拳擊、泰拳、柔道，還是各種格鬥技，有人看上他的天賦願意教他，他學得很快，因為他知道只要自己贏了擂台，就能吃飽。

老泰勒把他帶回幫裡，教他殺人和用槍的技巧，給了他一個安身之處。弗萊迪成為他底下最凶悍的一條忠狗，久而久之，開始有人稱他為希臘神話中替冥王守門的三頭惡犬可魯貝洛斯，只要有人未經允許擅闖冥府，就會遭到地獄犬的吞噬。

但弗萊迪對幫派其實沒多大感情，也不插手幫內事務，只是聽從給了自己一個容身之處的老泰勒，而早在老泰勒過世時他就想離開了；他也不關心福斯柯洛到底想幹麼，看多了這些人為利益和莫名其妙的私怨殺來拚去，他覺得很厭煩，他現在滿心只想和蘇杞弦在一起平靜地生活。

「事情總要解決的。」布里斯・泰勒站起身，把雪茄按到咖啡杯裡熄滅，「幹掉福斯柯洛後，你要退出和那小鋼琴家過日子也不是不行。」

弗萊迪沉默地點點頭，跟在他們身後走出房子。天色已經暗下來了，寒風吹在臉上，弗萊迪忽然想起蘇杞弦家裡的聖誕樹。那時他正在烤巧克力戚風蛋糕，客廳瀰漫著奶油、雞蛋和可可粉的香氣，蘇杞弦坐在塑膠材質的聖誕樹底下，一個個摸著盒子裡的小飾品，再把各種糖果和枴杖形狀的裝飾物品掛到樹上，完成後不停問他「漂亮嗎？我很厲害吧」，就像完成什麼壯舉一樣要他誇獎……在弗萊迪記憶中，這是色彩最鮮豔的聖誕節，溫馨得令人捨不得結束。

他坐上自己的車，跟在前方黑色賓士車的後面行駛，車裡又自動撥放起悠揚的鋼琴曲。他忽然很懊悔，應該在離開前好好告訴蘇杞弦，他是真的愛他。不知道蘇杞弦會不會發現他留下的「訊息」……

他們開車來到一間郊區別墅前停下，這棟帶著鄉村風格的寬闊建築看起來就像高級社區裡常見的房子，但弗萊迪知道草皮上設有連接警報器的紅外線偵測裝置，穿著防彈衣的男人會定時巡邏走動，且他們的口袋永遠放著槍。

「大哥！」

「弗萊迪大哥！」

弗萊迪對這裡很熟悉，這是他住了十幾年的地方。一路上經過的人都停下腳步向他們打招呼，側身讓路，驚疑不定的視線隱蔽或張揚地集中在他身上。但弗萊迪一點也不在乎，只對跟上來的馬克和安迪點了點頭。泰勒把他帶到書房，原本跟在他身後的男人就自動站到門外。泰勒打開保險箱拿出一個隨身碟插進筆記型電腦，輸入密碼，然後把寫滿密密麻麻數字的檔案打開，轉向弗萊迪。

「這是這幾個月的帳，你看看。」

弗萊迪隨便瞄了一眼。「冥王」主要收入來自違法或遊走法律邊緣的產業，像是走私槍械、販毒，或控制夜店等特種場所，但也開了不少「正派」的店用來洗錢，例如當舖、畫廊或珠寶店。本地有不少裝修得富麗堂皇，走進去卻門可羅雀、只有幾個小弟在顧店的奇怪店鋪，就是拿來洗錢的。因此他們手下的產業多半有檯面上跟實際上兩種帳簿，後者在固定時間會送到泰勒手中，然後由會計師整理後再讓工程師加密存檔。

要不是因為個性寡言又不願擔當重任，弗萊迪也算是「冥王」的高層人物了。當初老泰勒分給他不少股份，但他對幫裡的業務並不太關心，反正拿到手上的錢夠用就好。布里斯・泰勒在上任前也歷經一場腥風血雨，當時爭奪權力和地盤的幾個大佬都想拉攏弗萊迪，但弗萊迪誰也不理，只是本分地顧好自己的場子和小弟，不貪多，但誰侵犯到他的領域就揍誰，也許是因為這樣，反而獲得大家信任。

「這幾年抓得越來越緊，你沒在管經營上的事，都不知道現在錢越來越難賺了。」中年男人用閒話家常的語氣對他吐苦水，「要養一大夥人真不容易啊……」

弗萊迪一如往常沉默著。

「不過畢竟是父親努力打拚留下的事業，就算辛苦我也只能硬著頭皮做下去……做生意實在比打打殺殺困難多了。有時候我也會想，如果能一槍打死那些礙事的混蛋就好了，多簡單啊……」

泰勒叨叨絮絮說著，字裡行間無非是要弗萊迪感念舊情，要不是當初老泰勒收容他，還分他股票，他現在恐怕是一個渾身是傷病的流浪漢。弗萊迪面無表情，內心卻暗暗有些煩躁。

「總之，回來就好！」

一點都不好，弗萊迪心想。發現自己對這個住了十幾年的地方毫無歸屬感，他只擔心自己離開後，蘇杞弦有沒有乖乖吃飯？是不是又在房間裡哭了？

為了慶祝他的回歸加上正逢新年，當晚「冥王」包了一間酒吧為他接風。店內煙霧繚繞，女歌手用滄桑的嗓音在台上唱歌，沒多久就換成了鋼管舞。各種烈酒一瓶接著一瓶上桌，有點身分的手下們輪番敬酒，打扮妖豔暴露的女人依偎在旁。泰勒甚至還叫來兩個年輕英俊的男人，說是旗下演藝公司新進的演員，還特別吩咐他們好好「取悅」大哥。那兩名青年一人表情僵硬，連倒酒的手都在顫抖；另一人則是湊在他身邊，滿眼諂媚。弗萊迪推開他們，自己找了個清靜的地方坐下抽菸。

環顧這個稱兄道弟，卻沒有多少真情的世界，格外想念單純到近乎天真的蘇杞弦。

所幸沒多久他就得以從此處脫身。馬克湊過來報告，地盤上的夜店有人鬧事的消息，在泰勒的眼神示意下，弗萊迪坐上黑色轎車，前往鬧事地點。

那間 Pub 位於鬧區巷內，弗萊迪一下車就看見許多年輕男女站在外頭，竊竊私語地朝裡面張望。和他一起來的人替他開了門，他走進店裡，就看見負責顧場子的保鑣被打得鼻血直流，倒在一旁，身上還有一灘嘔吐物。弗萊迪什麼都不問，一進門就隨手抓了一瓶酒，用高壯的身材推開正在砸場的鬧事分子，直接抓了其中一人，提著他的後頸拖到空曠的舞池中。其他同伴叫囂著跟過去，正想動手，就見那面無表情的男人提起酒瓶，往旁邊一人的頭上砸了下去。

砰！

看起來只是輕輕一揮，結實的酒瓶底卻瞬間裂成玻璃渣，那人血流滿面地向後跌去，弗萊迪再用破碎的瓶口往被他抓住的人的大腿上一扎，暗紅的血液立刻透過褲子迅速蔓延開來。

吵雜的店內一下子安靜了。

「滾！」

見到弗萊迪毫不猶豫痛下殺手的狠勁，那個被敲得滿頭鮮血的人，連同他的同夥立刻驚嚇得鳥獸散，只留下那大腿動脈破裂的倒楣鬼，躺在地上不停哀號。

弗萊迪把沾了血的半截酒瓶甩開，把凶器敲碎了一地。他走向被同伴拋棄的鬧事者，對方驚恐地大叫，拖著腿往後移。

「等等！你、你別過來！」

「有帶手機嗎？」

那男人一愣，滿臉錯愕。弗萊迪又問了一次。

「有有有……」男人痛苦地移動身體，從口袋裡掏出手機，一副「你要什麼都給你，不要殺我」的樣子。

弗萊迪打電話叫了救護車，又順手用衣服擦去自己的指紋才將手機丟還給倒在地上的人。

對方用打量怪物般的眼神看著他，神色驚疑不定。

「把傷口按住，或綁起來，血流得比較慢。」

「你……你為什麼要救我？」

弗萊迪簡直要笑出來。救他？他只是不想鬧出人命而已，大家都是聽命行事，鬧出人命誰都麻煩。

「把人丟出去。」

幾名小弟把流血的男人丟出酒吧外。弗萊迪拿起菸，安迪立刻湊過去為他點燃。他找了張沒被掀翻的沙發坐下巡視一圈，掃過之處眾人紛紛低頭避開視線，而安迪則吆喝著「快收拾啊，看什麼！」頗有幾分狗仗人勢的架式。

弗萊迪只是坐在那邊，像座沉靜卻隨時可能爆發的火山。他的內心空空蕩蕩，既沒有施暴後的痛快感，也毫無憐憫或恐懼，只覺得懷裡特別空虛，少了一個喜歡在他胸口蹭來蹭去的體溫。他手指抽動了一下，彷彿還能感覺蘇杞弦柔軟的髮稍，不禁低頭看著自己的手。

什麼也沒有。

隔天，「地獄犬回到冥王」的消息就徹底傳開了。

第八章

蘇杞弦覺得再也無法相信任何人了。原本以為這世界會對殘疾人士多點關愛和同情，到頭來卻發現每個人都在欺騙他。

弗萊迪離開後，他暫時不想聯絡安娜，路易替他請了一個專業管家，不但會做各國料理、叫他「老爺」，用餐時還會替他拉開椅子、鋪好餐巾，操著一口標準的英國腔英文，恭敬到令人起雞皮疙瘩。雖然蘇杞弦看不到，但在腦中勾勒出一個衣冠楚楚，總是穿著三件式西裝的年輕男人。

即使新管家很完美，蘇杞弦卻非常想念會和他一起做蛋糕、難過時給他一碗冰淇淋的男人。

弗萊迪離開的頭一個禮拜，蘇杞弦情緒非常不穩定，加上嚴重失眠，不得不讓醫生開些安眠藥給他。蘇杞弦覺得自己好像回到剛失明的時候，每天渾渾噩噩，不知是清醒還是在作夢。但他夢見的卻不是過去被綁架的畫面，而是一個面容模糊的男人牽著自己搭摩天輪、蹲在地上幫他穿鞋穿褲、兩個人躺在車裡談天說地……

「幹麼這麼難過？他又不是不回來了。」

路易來探望他時，對蘇杞弦憔悴的模樣感到驚訝。

「真的？他跟你說過什麼時候回來？」

「沒呀。」路易的回答讓蘇杞弦洩了氣，「追殺他的人好像是福斯柯洛，本州第二大的黑道勢力，不知道他能不能挺過啊？」

「……」

蘇杞弦腦中一白，差點摔掉手中的杯子。

「老爺！」

新管家愛德華連忙扶了他一把，責備地看了金髮男人一眼。

蘇杞弦呼吸急促，問道：「到底是怎麼回事？為什麼有人要殺他？」

「呵，就知道你會問！」穿著米色西裝的金髮男人得意洋洋地向後靠在沙發上，翹起長腿。那對總是跟著他的雙胞胎保鑣就左一句「少爺好棒」、右一句「少爺最聰明」地奉承他。

蘇杞弦頓時有種衝動想把他們這群人掃地出門，但一想到如今屋裡全是路易派來的人，只好悶悶不樂地壓下這個念頭。

「切爾，你來報告吧。」路易對從剛才一直默默坐在一旁的祕書說。

「是，少爺。弗萊迪•曼森是本地第一大黑幫『冥王』的重要幹部，綽號叫『地獄犬』，他在黑市擂台上被『冥王』的上一任教父老泰勒相中帶回家，成為他的得力助手。如今老泰勒的兒子布里斯上位，弗萊迪依然很受重用。」

「黑市擂台？」蘇杞弦不解地問。

「就是打黑拳、生死格鬥之類的，讓大家下注賭博。」

「……」

蘇杞弦一臉茫然，感覺他們口中的弗萊迪和他所認識的不是同一個人。

「五年前，原本是墨西哥毒梟的伊凡・福斯柯洛來到本地成立了『夜鴞』集團，這幾年勢力壯大得很快，已經變成『冥王』之外的第二大勢力。從一年前開始這兩派人馬就常起衝突，許多小幫派都被他們吞併了。」

祕書說完後，路易開口：「總之，福斯柯洛想打倒『冥王』成為本州第一大勢力。他大概是覺得冥王的看門狗有點礙事吧，所以才會派人去殺弗萊迪。」

「那他……不是很危險嗎？」蘇杞弦一臉擔心。

路易嗤了一聲，「你太小看他了。你以為那傢伙為什麼叫『弗萊迪』？這是他在黑市擂台出場時的代號，那地方打死人是不用負責任的。他可是創下二十六連勝的男人，是目前為止的最高紀錄吧。總之，你不要被他騙了，他在你家的時候一直隱藏本性，他不是你想像的那樣。」

蘇杞弦不答，感覺路易說的那些實在好不真實。他和弗萊迪同吃同睡好幾個月，對方無微不至的溫柔和耐心，難道都是假的？

「老爺、路易少爺，今天的茶點是馬卡龍和三明治。」

新管家為他們端上用鐵架支起的雙層點心，杯盤在放到桌上時沒有發出一點聲音。他單膝在蘇杞弦身邊跪下，在黑髮青年的膝上鋪好餐巾，又另外拿了一個小盤子，夾了兩顆馬卡龍、一個三明治，跟新倒的咖啡一起放在蘇杞弦面前的托盤上。

「老爺，托盤上有咖啡，請小心燙。」

雖然蘇杞弦看不到，管家仍深深向他一鞠躬，才轉身回到廚房。

「怎樣，」路易喝著和家裡味道一模一樣的咖啡，「這個新管家你還滿意嗎？」

蘇杞弦點點頭：「愛德華很專業。」

路易見他沒有半點喜色的表情，說：「但你還是希望弗萊迪能回來，對吧。」

蘇杞弦沒有回答。

送走客人後，蘇杞弦上樓來到書房。這陣子他經常坐在書房發呆，也許只是因為床上太冷，而這裡留有最多弗萊迪的痕跡。明明痛恨他的欺騙，卻又盼著他回到身邊，親口認錯，然後……

原諒他嗎？

傷心、眷戀、迷惘在腦中輪番交戰。這陣子蘇杞弦一直很掙扎，一下後悔自己叫他不要回來，一下又怨恨他的欺瞞。書房裡的書和 CD 都已經按照字母順序排放整齊，他伸手撫過書櫃，書腰上貼著點字標籤，顆粒觸感傳到指尖。他曾經以為每一個細密的點都是對方的心意，然而現在蘇杞弦什麼也不確定了。

他撫過一整排字母「A」開頭的書，卻在最後幾本摸到不同的觸感。

「嗯？」

竟然放錯了？他抽出書來，聽見什麼東西掉落的聲音。蘇杞弦在地上摸索著，摸到一張小卡，上面用點字打著「對不起」。他一震，又用指尖來回確認了幾次。卡片沒有署名，但在角落用小點畫了幾顆星星。蘇杞弦有些恍惚，驚訝過後非常激動，開始瘋狂摸索書櫃，然後不停從書中發現用點字打成的小卡片。

上面有的寫「吃完冰淇淋要刷牙」，或是「早點睡」，不過最多的還是「對不起」以及「我愛你」，前前後後竟然找出一百多張小卡片。

摸著卡片角落的星星圖案，他回想起一件事。

某一天他忽然心血來潮，叫弗萊迪過來坐在他身邊。兩個大男人彆扭地擠在鋼琴椅子上，他拉著弗萊迪的手放在琴鍵上，假借說明彈琴姿勢卻偷摸了對方手背好幾把；蘇杞弦告訴弗萊迪琴鍵對應的音階，然後教了他幾首簡單的歌曲。

「怎麼樣？」

「感覺……很神奇。」

聽出弗萊迪語氣裡的敬畏，蘇杞弦笑了出來，炫耀似地用左手彈奏出超難度的伴奏。

在弗萊迪熟練之後，兩人竟勉強能合奏一首《小星星變奏曲》。音樂中的拍子就像心跳，樂句就是呼吸，大家一起演奏音樂總會有一種眾人一心的和諧感，而當身旁坐的是自己的愛人時，感覺更為甜蜜。即使只是反覆敲著 Do Do So So La La So 這樣簡單的音符，就讓弗萊迪體會到音樂的奧妙之處。

弗萊迪左手摟著他，蘇杞弦也半靠在他懷裡，神態慵懶，跳躍的雙手卻一絲不苟地彈出複雜的變奏。

「有一個一生都過得很幸福的音樂家，叫孟德爾頌，他曾經說過『在真正的音樂中，充滿了一千種心靈的感受，比言詞更好得多』，你覺得呢？」

弗萊迪沒有回答，只是轉頭問：「杞弦，你幸福嗎？」

蘇杞弦「咚」一聲彈錯了鍵，正要惱羞成怒，鋼琴上某人不盡責的右手就已經放棄主旋律，和另一隻手圍成一個圈緊緊抱住他。那一刻蘇杞弦覺得整個人像是泡在溫熱適中的水裡，暖得骨頭都要散了。於是他用力回抱弗萊迪，咕噥道。

「有人說，莫札特的作品都是在描述『愛』……」

剩下的話被弗萊迪吞入口中，之後發生的事令蘇杞弦有好幾天坐在鋼琴前都忍不住面紅耳赤。

「混蛋……」

蘇杞弦來回撫摸卡片，不自覺淚流滿面。從最近的夢來看，他發現被綁架的陰影在不知不覺已漸漸淡去，如今回想起最多的是那男人對他的好，每次躺在床上，都不禁希望身邊還有那熟悉的味道和體溫。

想起自己難過或低潮的時候，弗萊迪總是陪在他身邊，沉默而體貼。蘇杞弦對著空曠的房間流下淚來，然而這一次，卻沒有人能安慰他了。

無論如何，蘇杞弦決定學習獨立，他讓新管家替他選購一根盲人用的手杖，終於下定決心練習自己出門。

他曾經非常恐懼會在路上遇到自己難以解決的障礙，或是眾人奇異的眼光，但蘇杞弦不想再依靠別人了，他開始像個「真正的盲人」，學習一邊敲打地面來探知高度和前方障礙物，一邊慢慢前進。愛德華跟在他身邊，蘇杞弦卻拒絕他的攙扶，一開始他只敢在附近散步，之後會趁夜深人靜上街，慢慢訓練自己在城市中行走。

他也會跟新管家去購物。弗萊迪曾教他用觸摸來分辨商品，還為他安裝了用鏡頭拍攝後能讀出商品名稱的手機軟體，只是蘇杞弦從來沒有認真去學；他甚至開始練習自己做菜，那雙彈琴的手因此多了些傷痕。

每當受到挫折時，蘇杞弦就會拿出弗萊迪留下的卡片一一撫摸上面的留言。新管家給他找了個小鐵盒裝著，蘇杞弦便把它放在枕頭邊，成為這段時間的心靈慰藉。

☆

在弗萊迪回到「冥王」之後，死對頭「夜鴞」這段日子以來明槍暗箭的挑釁似乎消停了些，這結果讓泰勒很滿意，他之前一直不滿父親竟然把一些賺錢的產業讓一名外人占乾股，不過如果弗萊迪是隻忠心的看門狗，泰勒也可以很大方的。

而弗萊迪也似乎回歸到遇見蘇杞弦之前的生活。每天除了鍛鍊身體、去巡場，在必要時打打殺殺一下之外，偶爾會偷偷跑到蘇杞弦家附近。如果抓準時間，就能看到心愛的男人拿著手杖散步，新管家和一名保鑣跟在他身邊。

蘇杞弦拄著手杖的樣子讓他有點心疼。弗萊迪買了一台點字機，想到蘇杞弦時就拿出來打些字給他。他這輩子沒寫過多少字，現在打點字倒是相當順手，都不用看對照表了。他懷著緊張的心情，想趁蘇杞弦散步時塞給他然後馬上離開，但來到別墅附近時，卻看到那名年輕英俊的富家少爺像隻黃金獵犬般繞著蘇杞弦打轉。

蘇杞弦戴著淺色墨鏡遮住半張臉，他和路易並肩行走，身後還跟著高頭大馬的保鑣們，就像兩個大明星或政商名流出巡。弗萊迪遠遠望著金髮男人喋喋不休，而蘇杞弦抿著嘴一臉不耐的表情，眼神充滿眷戀。

「大哥，要不要我們過去把保鑣引走？」替他開車的馬克提議。

弗萊迪沒有回答，只是盯著那用拐杖點地的修長身影，眼神一錯也不錯。他不得不承認，金髮和黑髮、各有不同挺拔俊帥的兩個男人站在一起相當養眼，也許像史威特那樣出身高尚的人才配得上蘇杞弦。

而他，只會成為蘇杞弦的汙點。

耳邊彷彿還能聽見蘇杞弦生氣地叫他不要妄自菲薄，但弗萊迪很清楚他和蘇杞弦之間巨大的落差。

也許這是最好的結果了，他心想，我不該再出現在他面前，他會越來越好，總有一天一定能達成夢想。

他希望他的小盲貓永遠站在光明之中，就像現在一樣正直善良。而自己的存在只會成為他的絆腳石，為他帶來危害而已。人生中能有機會和他相遇，甚至相愛過，也就足夠了，他一輩子都不會忘記和蘇杞弦在一起的這段珍貴回憶。

「大哥？」

「夠了，走吧。」

弗萊迪沒把信送出去。他之後還陸續寫了幾封信，但終究只敢隔著一段距離偷偷看著蘇杞弦，或是在超市攔截他的新管家，詢問蘇杞弦的近況，順便威脅對方要好好照顧他。

他想，只要蘇杞弦健康平安地活著就夠了。

☆

寒冷的冬天持續著。弗萊迪離開一個多月後，蘇杞弦又開始恢復練琴和創作的正常作息，且在路易和唱片公司的幫忙下，他開始接一些規模較小的演奏會。以前他不太去這些地方音樂廳或學校單位表演，但在他無法出門的這段期間，各地網友們給他帶來很大的鼓勵，他開始期待能到一些以前從來沒去過的小地方演出，和聽眾們面對面交流。

從新聞播報得知農曆新年快到了，今天他打算到美髮沙龍好好弄個造型，再去買幾套新西裝，於是拒絕了管家的陪同自己搭車到市區。因為路況關係，計程車司機只能在對街讓他下車。

司機大哥一臉擔心地看這名衣冠楚楚的年輕視障者，仔細交代：「下車後你往前走幾步，先右轉過馬路，然後往左轉大概七八公尺左右，那間店就在右手邊。」

「謝謝。」

蘇杞弦拿了張鈔票，用尺寸判斷鈔票的面額遞給司機，然後沒等司機找錢就下了車。他抖開盲人拐杖，站定後挺起胸膛，在人群中踽踽獨行。他聽著周遭的聲音過了馬路，剛鬆口氣，想依照計程車司機告訴他的方向走，卻被一個低頭滑手機的路人迎面撞上。對方匆匆將他扶起，隨口說聲道歉就走了，留下被這麼一撞而迷失方向的蘇杞弦，一臉茫然地站在原地。

聽著腳步聲和車聲來來去去，一種不知該何去何從的驚慌和無助感湧上心頭。蘇杞弦緊緊握住手杖，臉色發白。他猶豫著想向路人求助，卻又不知該怎麼攔下聽起來腳步相當匆忙的人們。

一股混和著薄荷和馬鞭草的男性氣味飄來，蘇杞弦一僵。

「你要去哪裡？」

熟悉的沙啞聲音在耳邊響起，蘇杞弦感覺眼眶發熱，彷彿置身夢中。他緊緊咬著嘴唇沒有回答，眼淚在閉起的眼中打轉。

「……」

「我帶你過去，你要去哪裡？」

「……理髮店……」

蘇杞弦低聲回答，隨後感覺一隻乾燥而粗礪的大手，輕輕握住他沒拿拐杖的那隻手放到手臂上。這姿勢是如此自然，那男人的體溫、味道、觸感……一切都如此熟悉。他一時說不出話來，只是跟著對方盲目移動，激動得腦中一片空白。

「到了。」

似乎只過了一瞬間，男人就停下腳步。

蘇杞弦沒有回答，也沒有移動，只是緊緊抓住對方的手臂不放。

「白天人很多，還是不要單獨上街比較好。」

兩人沉默片刻，弗萊迪嘆口氣，忍不住輕輕摩挲那隻用力得指尖發白的手。

「你瘦了很多，要好好吃飯……」

當對方拉開自己緊握的手時，蘇杞弦彷彿聽見自己心碎的聲音，眼淚終於忍不住落下來。於是當美髮沙龍的設計師出來迎接他的時候，就看見那最近十分火紅的鋼琴家獨自站在門外，墨鏡下的臉頰淚痕交錯。

「你回來吧……」

聽見蘇杞弦的喃喃自語，設計師疑惑地左右看了看，卻沒發現任何人。

弗萊迪遠遠注視著蘇杞弦，看到那張蒼白的臉被淚水浸濕，難過得無法呼吸。然而他卻只能站在遠處看著，直到對方身影消失，弗萊迪才轉身隱沒在人群中。

心痛得令人難以負荷。蘇杞弦不停安慰自己，貝多芬即使耳聾還能創作交響樂，拉赫曼尼諾夫克服了精神崩潰，才創作出大受歡迎的第二號鋼琴協奏曲；他甚至想暫時離開這個傷心地，於是打了通電話回台灣，想告訴父親自己要回家過年。

然而父親沒有接電話。

蘇杞弦更難過了。

☆

除夕夜，他完美的新管家煮了火鍋和水餃，熟悉的食物讓蘇杞弦感覺很療癒，但一個人吃火鍋實在太無趣了。

「你坐下來一起來吃吧？」

他對站在一旁替他撈菜的愛德華說。

「謝謝老爺費心，我隨後再吃就可以了。」

意料中的回應，但蘇杞弦卻莫名有種被嫌棄的感覺，鬱鬱寡歡地咬著火鍋料。直到把年夜飯中象徵金元寶的水餃放入口中時，熟悉的味道讓他一頓。

「這……」

蘇杞弦睜大沒有焦距的雙眼，「這是誰做的？」

「是您的前任管家送來的。已經檢查過了，內容物很安全，有豬肉和魚肉兩種口味。」

蘇杞弦一連吃下三個，覺得非常美味，好像舌頭突然有了味覺。他停下筷子，忽然捨不得繼續吃了。

「他呢？什麼時候來的？」為什麼不來見我？蘇杞弦帶著委屈。

「您是指弗萊迪先生？他昨天在超市外把東西交給我之後就離開了。」

「喔。」

蘇杞弦低低應了聲，食物的熱氣蒸了眼，讓他眼眶也微微熱起來。

當晚，蘇杞弦又在床上輾轉難眠，他根本不用刻意守歲，反正也睡不著。索性坐起來摸索著枕頭邊的小鐵盒。忽然聽見一聲響動，好似有人進門，嚇得他弄掉了幾張卡片。

「誰？」

弗萊迪知道在華人文化中，今天是全家團聚的日子，左思右想，他還是克制不住想見蘇杞弦的念頭，於是越過保全系統和警衛潛入房子。一進房間，映入眼簾的就是蘇杞弦跪在地上摸索的景象。弗萊迪胸口一痛，難受得他幾乎要窒息。

「你在找什麼？」

來人聲音沙啞，一邊按住蘇杞弦的手，將他扶起。

「卡片……有卡片掉了……」

「我來撿。」

弗萊迪打開燈，趴在地毯上找回他給蘇杞弦的卡片。蘇杞弦接過小卡數了數，露出安心的表情，蓋上鐵盒。見狀，弗萊迪簡直要被愧疚淹沒。他忍不住坐到床上，將蘇杞弦摟入懷中。

「杞弦，對不起……」他喃喃說著。

「是你嗎？我在作夢嗎？」蘇杞弦有些恍惚。他摸索對方，聞著他身上熟悉的味道，仍不敢相信。弗萊迪也伸手撫摸他的臉，眼眶下的黑影相當明顯，他抱著蘇杞弦躺下。

「寶貝，新年快樂。」

蘇杞弦腦中亂成一片，只是緊緊抱住身邊的人。

「我本來想回台灣的，但是我爸沒接電話，我不知道他是不是又搬家了……嗯，水餃很好吃……」

弗萊迪輕輕噓了聲，拍著蘇杞弦的背。

「快睡吧。」

兩人都有很多話想說，卻不知如何開口。弗萊迪一邊拍著他的背，一邊低聲哼著蘇杞弦創作的《舞獅》。懷裡的人不意外地掉了淚，但很快就放鬆下來，呼吸漸緩。弗萊迪靜靜注視著他，捨不得閉上眼。

蘇杞弦很久沒有睡得這麼好了，直到快中午才醒來。被窩裡十分溫暖，他摸著身旁的床單，還能聞到一絲熟悉的氣味。蘇杞弦一愣，掀開被子跳下床，跌跌撞撞地衝出門，赤腳站在屋外。

「老爺？」

他的管家追來，為只穿著睡衣的蘇杞弦披上外套、穿上拖鞋，勸他回家。蘇杞弦後來發現，他的小鐵盒裡多了一張卡片，除了星星還畫了玫瑰花，上面寫著「**新年快樂。我愛你**」幾個字。

☆

又過了一個多月，隨著天氣漸漸變暖，蘇杞弦的生活也逐漸回歸正軌，就連路易安排的保全人員都鬆懈下來，不再隨時緊盯著他家附近。某天當他的新管家出門買菜，蘇杞弦正獨自坐在家中彈琴時，忽然接到一通電話。

話筒另一端傳來的聲音令他一愣，他已經很久沒聽到中文了，而且這聲音是如此熟悉。

他疑惑又有點激動地開口：「爸……？」

十分鐘後，他留了張字條放在鋼琴上，匆匆忙忙出門，一台計程車停在他家門口等待，大門「喀擦」一聲，在他背後關上。

當天下午，弗萊迪接到一通沒有來電顯示的電話，對方劈頭就說——

「蘇杞弦在我手上。」

一瞬間，弗萊迪感覺全身血液凍結，一陣強烈的恐懼襲來，令他頭皮發麻。

「你是誰？」

他找了個偏僻的角落，緊緊抓著手機，彷彿這是他和蘇杞弦唯一的連繫。

「我以為你會知道我是誰。」對方笑道：「雖然我們沒正式見過面，不過你最近可是傷了我不少手下。」

「……你想幹什麼？這不干他的事，別把他捲進來！」弗萊迪低吼，手機另一端傳來輕笑聲。

「別這麼緊張，我只是想跟你談筆交易。」

「如果你們敢碰他一根頭髮，我……」弗萊迪閉上眼，「我要聽他的聲音。」

對方停頓片刻，像是把手機拿遠一點說道：「嘿，小美人，跟你的老相好說句話吧？」

「杞弦？杞弦？」弗萊迪死死捏著手機，幾乎要把螢幕弄碎。

另一頭傳來虛弱的聲音。

「弗萊迪……？」

「杞弦！你沒事吧？有沒有受傷？」

電話不知何時又回到一開始的人手中，對方笑道：「他沒事，我們只有弄昏他而已，不過你這寶貝看起來挺瘦弱的，如果時間拖久了，難保……」

「你想怎樣？」弗萊迪打斷對方，焦急不已。

「很簡單，只要泰勒哪天死，你就哪天能和你的愛人團聚。」

弗萊迪沉默片刻，「讓我見他。」

「放心，會讓你們團聚的，只要你殺了布里斯・泰勒。」

「……我需要一點時間。」

弗萊迪掛上電話無力地靠在牆邊，沒多久他忽然睜開眼，按著槍盯著某個方向。

他現在要暗殺的對象出現在眼前，身後跟著比平常還要多的保鑣。

「冥王」的現任老大布里斯・泰勒沉著臉打量他，「我想你已經接到消息了？你的鋼琴小寶貝被福斯柯洛綁架了。」

☆

蘇杞弦再度被綁架的消息驚動了國內外媒體。他的管家回家後發現蘇杞弦不在家裡，手機又聯絡不上，就馬上通知了他的老闆。路易原本不想通知警方，私下派人尋找，並等著綁匪和他聯絡，但不知為何驚動了媒體，警方則是最後才得知消息。記者訪問從別墅走出來的史威特家小開，蘇杞弦是否是他的戀人，是否因為他們特殊的交情才被綁架的？這讓路易非常不爽。

然而話題的本人對這些猜測毫不知情，蘇杞弦躺在一間類似牢房的屋子裡，他的雙手被綁在身後，粗糙的繩子深陷在肉裡。他側躺在冰冷又布滿灰塵的地板上，口鼻上還殘留著一股類似漂白水的怪味，令他頭昏腦脹，完全不知道自己身在何處。一段時間後，蘇杞弦躺在地上，記憶慢慢清晰起來，他回想起剛才的事……

練琴練到一半接到一通父親打來的電話，說他現在人在美國，想見見他。聽到久違的聲音，蘇杞弦非常激動，接到電話後就馬上出了門。他搭計程車來到一條他不熟悉的街道上，下車後站在那裡等待多年未見的父親出現。然而下一刻他卻聞到一股刺鼻的味道，有人蒙住他的口鼻……醒來後，就發現自己躺在某個地方，然後他慢慢意識到——自己又被綁架了！

他聽見重重的腳步聲接近，讓他整顆心都提了起來，不由得屏住呼吸。

「他醒了沒？」一個粗啞的男人聲音問。

「不知道——喂！」回答的人同時踹了下鐵欄杆，突如其來的聲響讓蘇杞弦全身一震，害怕地屈起身體。

「看來是醒了……」第二個人的聲音聽起來較年輕。

蘇杞弦聽到卡噹卡噹的開鎖聲，還有「吱呀」一聲像是重物被推開的聲音，接著有個人走向他。蘇杞弦繃緊身體，聽見有東西放到自己面前。

「喝點東西。」可能看蘇杞弦沒有反應，片刻後那人語氣有些驚訝地說：「嗯？他的眼睛……」

粗啞的聲音回答他，「他是瞎子，你不知道嗎？」

「真的？！」停頓片刻，「老大綁了個瞎子回來幹麼？」

「聽說他是『地獄犬』的姘頭。」第一個聲音回答。

有人捏住蘇杞弦的下巴，硬是把他的頭向上扳。蘇杞弦低哼一聲。

「『地獄犬』喜歡男人？長得的確挺漂亮的，中國人？還是日本人？」

「別惹事，老大說不要動他。」

那男人放開手，用一根東西戳了戳蘇杞弦的嘴唇，「喝一點吧，你還要在這裡待很久的。」

蘇杞弦這才意識到那可能是吸管，但他心裡十分害怕，不知道該不該喝。對方又粗魯地用吸管戳他的嘴，他只好張口咬住，喝了一小口。冰牛奶的味道傳到舌尖，他貪婪地又多啜了幾口，牛奶很快就喝完了。他倒回地上喘了口氣，覺得頭暈症狀減緩了不少。

又有其他腳步聲接近，蘇杞弦一僵，把身體縮成更小。他聽見外面的人喊「老大」，恐懼讓他腦袋嗡嗡作響，他在心裡拚命祈禱這位老大不要注意到自己。

「他醒了嗎？」

「醒了，老大。」

「很好。」

新出現的男人嗓音低沉富有磁性，如果不是在這種情況下，蘇杞弦應該會很喜歡他的聲音。他聽見那男人走進來，停在自己身邊，蘇杞弦非常緊張。然後他聽到老大撥了通電話告訴某個人「蘇杞弦在我手上」，心臟難以克制地狂跳起來。

他打給誰？是要求贖金嗎？如果接電話的是他的父母，說不定他們不願意付……還是路易……？

「嘿，小美人，跟你的老相好說句話吧？」

胡思亂想間，一個東西忽然貼到他臉上，蘇杞弦一驚，話筒另一端傳來熟悉的低啞聲音，語氣焦急地呼喚他。

「杞弦？杞弦？」

「弗萊迪……？」

聽到那男人的聲音，蘇杞弦忽然覺得一陣委屈，他想叫對方快來救他，電話卻被拿開了。他聽見那低沉的聲音說了些什麼，最後只記得「殺了布里斯・泰勒」這句話。蘇杞弦心頭一跳，腦中有點混亂，綁匪並沒有要求贖金，而是要弗萊迪去殺某個人？

門發出卡噹卡噹的聲音再度被鎖上，腳步聲遠去，留下他一人躺在冷硬又骯髒的地板上。蘇杞弦覺得越來越冷，他縮起身體，害怕又茫然。

另一方面，弗萊迪正在和泰勒談判，四周有八個男人持槍對著他，把他圍在中間。

「你打算怎麼辦？」

弗萊迪盯著他沒有開口。泰勒忽然覺得對方好像在評估殺死他的可能性，身體微微一僵，看了下身旁武裝的人們，稍微定下心來。

「他提出的要求是什麼？」

弗萊迪依舊沉默。

泰勒吸了口雪茄，說道：「我聽說，福斯柯洛也有那種嗜好，你的小情人在他手上可不太安全。不如我們帶兄弟殺進去，把他救出來？」

弗萊迪皺眉：「不，人質還在他手上。」

「難道你想自己去？」眼看無法說服他，泰勒往旁邊使個眼色，兩個男人就走過來將弗萊迪的手往前一拉，銬在身前，其他人依然用槍指著他。

「為了防止你做傻事，你還是暫時待在這裡冷靜一下吧。至於你的小情人，我們再想想辦法。」

泰勒像在哄孩子一樣說著，並讓人仔細地搜身，確定弗萊迪身上沒有武器後，便將他關在二樓的某個房間。

他們離開後，從剛才就沉默而配合的弗萊迪站在房間中央。這間房間像個單人牢房只有一張床，幸好還附設了一間廁所，他一邊環顧四周，一邊思索接下來該怎麼辦。雖然表面上看不出來，但事實上他每分每秒都十分煎熬，不停克制自己不要去想蘇杞弦，否則恐怕就要因為衝動而做出傻事。他評估自己殺掉泰勒的可能性，很有可能兩敗俱傷。但依他對道上規則的了解，就算泰勒死了，蘇杞弦也不見得能全身而退。

希望福斯柯洛不會傷害他……等我，杞弦……

弗萊迪閉上眼，掩蓋住眼中的痛苦和懊悔。

☆

蘇杞弦不知不覺昏睡過去，不知過了多久，醒來的時候覺得腦袋昏昏沉沉的，手腳發軟使不上力氣，而越來越急迫的生理需求令他難以忽視。蘇杞弦猶豫片刻，輕聲開口。

「有人嗎……？」

一說話才發現自己的聲音異常沙啞，喉嚨也有點痛，而四周一片寂靜。

蘇杞弦有點緊張，他緩緩向前伸出腳，直到感覺踢到像柵欄一樣的金屬物。這裡是……監牢？他雖疑惑但沒有時間細想了，他用力踹著欄杆發出聲響，希望引起外面的人注意，不知過了多久終於有人出現。

「幹什麼？」一道粗啞的聲音問。

蘇杞弦害怕又尷尬地說：「我、我想上廁所……」

門被打開了，那人解開他的繩子，朝他屁股踢了一腳。

「角落有馬桶，自己解決。」

蘇杞弦掙扎地想爬起來，雙腿卻痠麻地使不上力，好幾次都跌坐回地上。他聽見身旁和牢外的人發出笑聲，知道自己現在的模樣十分狼狽，頓時覺得非常難堪。好不容易掙扎著站起身，他循著尿騷味走向房間深處；見他伸手摸索著馬桶邊緣，負責看守他的男人又發出一陣笑聲。蘇杞弦努力忽視，轉身背對他們拉開拉鍊尿起來，但因為對得不太準，尿到馬桶蓋上的液體有些濺到他的西裝褲及腳上，他感到一陣尷尬，既難堪又委屈，眼眶發燙。

「……有水嗎？」

「你面前不就是一盆水嗎？」對方語氣嘲笑地回答。

蘇杞弦不知如何是好，只好忍受不適慢慢走離馬桶，席地坐下來。

「那個……這裡是哪裡？」

牢外的人無視他交談起來，「不用綁他應該也沒關係吧？反正是個瞎子。」

「也好，不然吃東西的時候又要解開一次。」

他們仔細打量蘇杞弦半睜的眼睛，確認他真的是盲人後，就把繩子丟到一旁，再度關上鐵門。聽到腳步聲遠去，蘇杞弦緩緩站起來，伸出雙手四處走動。他摸到一整面冰冷的金屬柵欄，就像在電影裡看過的牢房一樣；他的手腕勉強能伸出欄杆外，但這對於離開這裡沒有任何幫助。四周很安靜，彷彿只有他一個人，最後他坐回地上，抱著雙腿，把頭埋進膝蓋間。

他的頭隱隱作痛，沾了灰塵和尿液的身上髒臭不堪，他感到既害怕又疲倦。

弗萊迪會來救他嗎？還是警察？應該有人發現他被綁架了吧？

蘇杞弦感覺綁匪並沒有殺他的意思，只是想要脅弗萊迪替他們殺人。他回想起那通電話的內容，把身體縮得更緊。

如果弗萊迪真的因為他去殺人怎麼辦？會被判刑嗎？他該怎麼辦……？

第九章

門打開，有人放了盤食物進來，又迅速退出去。看到連餐具都是塑膠的，就像幼兒學吃飯用的東西一樣，弗萊迪覺得有點好笑。他用銬住的雙手迅速吃完食物，放下塑膠餐具，回到床上坐下閉目養神。沒多久有人開門收走餐具，弗萊迪連看都沒看他一眼。

總之不能在這裡坐以待斃，只要自己多浪費一分鐘，蘇杞弦就會多受苦一分鐘。他必須先離開這裡，再想辦法救出蘇杞弦。

深夜，外頭走動的腳步聲漸漸減少，弗萊迪走向房間唯一的窗戶，側身站在玻璃窗旁的牆邊，抬起雙手用力往玻璃一敲。

砰！砰砰！

手腕上的金屬敲在窗戶上，玻璃一下子破了開來，震耳的警報聲嗡嗡作響。玻璃碎片刮得他手臂出血，但弗萊迪毫不停頓地把窗戶敲開一個大洞，然後翻身躲進床底，盡可能退到最裡面。

門被踹了開來，有人高喊「他從窗戶逃走了」，雜亂的腳步聲很快就離開。

見房門口一時空了，弗萊迪竄出未掩上的門。大部分的人都往屋外跑，但他知道有條密道能直接通往車庫，入口就在書房。好幾年前曾發生過一次外人來襲，當時就是他護著老泰勒從書房逃出去的。弗萊迪貼著走廊移動，藉著他對房屋構造的了解避開一些人，真的躲不過的就動手。弗萊迪一拳往來人腹部揮去，趁對方彎腰時抱著他的頭部一扭，不到五秒鐘就結束對方的性命。這些人他大多都認識，或至少叫得出名字，但當弗萊迪開啟「工作模式」時，所有人在他面前就只是會移動的人體標靶而已。

他把屍體拖到角落，拿走身上的槍，以絕妙的角度射斷雙手手銬間的鐵鍊，然後繼續前進。

弗萊迪安靜而迅速地走向書房，一手拿槍戒備。門外有兩個男人看守，他掏出剛才取來的槍，從暗處連發兩槍。裝了消音器的槍發出如重物撞擊的聲響精準地射中看守者，弗萊迪靠過去將把他們的武器取出塞進懷裡，再射開門鎖走進去。

書房裡沒有人，電腦卻是開著的，看來泰勒剛才離開得很匆忙。弗萊迪瞄了眼螢幕，內心一動。

螢幕上顯示的表格看起來十分眼熟，他瞥見插在電腦上的隨身碟，感覺像是泰勒那天從保險箱裡拿出來的那個。他立刻拔下隨身碟，收進褲子口袋裡，然後按下書桌上的一隻銅馬，書櫃間的牆面隨即打開，露出狹窄的通道，和向下的階梯。

弗萊迪毫不猶豫地走進通道後，按下內側的按鈕關上書房那側的門，然後快步走向車庫。

一扇小門悄悄開了，弗萊迪像一道影子般融在黑暗中無聲地移動。他從牆上摸了把鑰匙，矮身選了部車爬進去。在汽車發動時他聽見有人大聲叫喊，像在通風報信，弗萊迪油門一踩衝了出去。

終於甩開所有人後，弗萊迪來到蘇杞弦家。正好有一個警衛模樣的人在巡視，弗萊迪攔住他，要他幫忙聯絡路易・史威特。看到一個手臂流血、面目猙獰的彪形大漢突然出現，那警衛嚇了一跳，猶豫很久到底要先報警還是打給史威特先生。

但對方一臉嚴肅地說：「我有蘇杞弦的線索，快聯絡他。」

☆

弗萊迪走進失去主人的別墅。

他看到客廳的鋼琴還沒蓋上，有些觸景傷情。兩個多月前他還坐在這裡，和蘇杞弦並肩彈著鋼琴……他知道學鋼琴是非常昂貴的興趣，就算他長大了、賺錢了，這種樂器在他眼中仍然是高高在上的奢侈品。那天在蘇杞弦的指導下彈出簡單的樂句，感覺非常新鮮有趣，甚至覺得他和蘇杞弦之間的身分鴻溝又更加接近了些……

弗萊迪走過去把鋼琴蓋上，卻發現譜架上夾了一張紙。他疑惑了一下，蘇杞弦通常不會留東西在鋼琴上，他伸手拿起來，注意到白紙上有一排用點字機打出的字。

當路易帶著雙胞胎保鑣走進門時，就看見弗萊迪來回撫摸著一張紙，臉上帶著一絲溫柔和感傷。他看著弗萊迪身上破爛的夾克和手臂上的血跡，皺了皺眉，讓其中一名保鑣去拿醫藥箱。

「你怎麼逃出來的？你有蘇杞弦的消息？」

弗萊迪回過神來。

「他被福斯柯洛綁架了，地點我不清楚。也許可以問問蘇杞弦的父親？」

「啊？」

弗萊迪給他看了那張紙，路易愣愣望著那排不起眼的圓點。弗萊迪幫蘇杞弦打了上百張的CD標籤，早就把點字記得滾瓜爛熟，雖然沒辦法用摸的辨認，卻可以直接看出對應的字母。

「這張紙條上寫著『我父親來美國了，我可能不回家吃晚餐』，日期正是他被綁架的那天。」弗萊迪說：「杞弦可能是被他父親，或者是假借他父親名義的人叫出去，他才會獨自出門的。如果能聯絡上他父親，也許能找到一點線索。」

路易一臉驚訝，對這男人有些刮目相看。蘇杞弦離開的時候沒有告訴任何人他去了哪裡，因此他們連綁架發生地點都不知道，明明線索如此明顯，卻沒有人想到要查看或解讀這張紙。

「快去查！」路易轉頭吩咐隨扈。另一名有著同樣臉孔的男人提著醫藥箱回來，弗萊迪坐在沙發上捲起袖子，開始清理血跡斑斑的手臂。

「如果能知道蘇杞弦被關在哪裡……」

路易緊握拳頭，思索著把人質救回來的方式。蘇杞弦竟然在他的保護下被人擄走，簡直就像當眾打他巴掌一樣令他難堪。

弗萊迪掏出口袋裡的隨身碟，「還有，我在離開時拿了這個出來。你可以打開裡面的檔案嗎？我要用它來換人。」

☆

徹夜未眠的弗萊迪和路易坐在客廳，一名充當翻譯的祕書拿著手機，撥打剛查出來的國際電話。之前記者曾把蘇杞弦父母的資料挖了出來，他母親改嫁給一位德國人，長年旅居國外，音訊不明；他父親也另外組了家庭，因為身為某公司老闆，且前幾年還投資中國工廠，並不難找到聯絡方式。

他們聯絡上蘇杞弦的父親，透過翻譯說明情況後，對方結結巴巴地說出，前幾天有一個自稱蘇杞弦老朋友的人，說要給蘇杞弦一個驚喜，想透過他打電話約蘇杞弦出去，事後會給他一點報酬做為電話費，自己信以為真才會……

「多少錢？」路易忍不住問。

「一萬美元。」男人的聲音透過免持聽筒傳來，「因為金額並不大，我也沒有多想，還以為真的是他朋友……」

在電話旁的人面面相覷，沒想到蘇杞弦竟然被這麼低的價格給賣掉了。

聽到兒子被綁架的消息，蘇杞弦的父親也有些著急。他當初認為只是舉手之勞，加上最近投資失敗正缺錢，這筆台幣三十萬左右的錢雖然不多，倒也不無小補，才會答應替那個陌生人打電話約蘇杞弦。沒想到他的一時貪心，卻害了自己的兒子。雖然他和蘇杞弦很少聯絡，但畢竟是自己的孩子，如今不禁後悔萬分。

「他還好嗎？有通知他媽媽嗎？」

「蘇先生，你還記得你們的約定地點嗎？」祕書直接忽視了他的問題。

聽完蘇杞弦父親給的資訊後，路易馬上派人到現場尋找有無目擊證人；另一方面，他也請來解碼專家破解隨身碟上的檔案。這份帳本清楚記錄了「冥王」的經濟來源，因此上頭不但有各種走私貨物、非法交易的紀錄，還記載了和本地某些政治人物及企業的金錢來往，不但是帳本，更是犯罪紀錄。

「你把這東西偷出來，泰勒一定快瘋了。」路易搖頭，接過管家遞來的煮得比平常濃的摩卡咖啡，「聽說他從昨天晚上就瘋狂地在找你，還驚動了警方。」

弗萊迪沒有回答，像座山一樣沉默，他繃著嘴角，眉眼間有著掩不住的焦灼。不知為何，路易開始有點相信他對蘇杞弦的感情了。

「之後你打算怎麼辦？就算救回蘇杞弦，他們也不會放過你。」

「我知道，」弗萊迪疲倦地回答：「必須先救他……」

路易看著他，喃喃自語：「必須想個讓他們兩敗俱傷的方式。」

蘇杞弦被綁架的第三天，路易正在派人解開隨身碟檔案的密碼，泰勒則滿城瘋狂地通緝弗萊迪，而已經兩個晚上沒睡的弗萊迪來到一間雄偉的建築物前。

路易在蘇杞弦被綁架的現場找到了目擊證人，甚至有人拍下車牌號碼，他們依車牌登記的地址，在郊外的山區找到一棟外觀像是古堡的巨大別墅。開車太顯眼了，弗萊迪花了三小時穿越樹林爬上山，來到房子附近，想看看有沒有機會能救出蘇杞弦。他觀察著四周，只見草皮上停著幾輛車，周圍沒有類似守衛的人走動，但光是房子正面就裝了五台監視器。弗萊迪估算著監視器的攝影範圍，利用花圃和樹木的掩護，躲躲藏藏地靠近建築物，想找尋突破點。此時別墅大門忽然打開，兩個男人走出來，其中一個無意間瞄到弗萊迪藏身的位置，眼神微微一變。

弗萊迪立即掏出手槍，那男人卻迅速對他比了個噤聲的手勢，對身邊的人笑道：「你先去開車，我去那邊撒泡尿。」

「要是老大知道你在他的玫瑰花叢撒尿一定會抓狂。」

「嘿，別告訴我你沒這麼幹過！」

那男人說說笑笑地打發了他的同伴，朝弗萊迪藏匿的樹蔭走來。弗萊迪警戒地握著槍，看對方站在樹幹的另一邊解開褲襠的拉鍊，「你是來找那個音樂家的？」

弗萊迪一愣，「是。」

那男人一邊尿一邊低聲開口，「晚上十點再過來。你一個人沒辦法帶他走，但我可以讓你們見一面。」

不等他答應，男人就告訴他城堡後門的位置，然後拉上拉鍊離開。

雖然猜想有可能是陷阱，但到了晚上十點，弗萊迪仍然準時抵達約定的地點。白天見過的男人走出來，對他點了點頭，轉身要他跟上。弗萊迪按著袖子裡的刀，警戒地望著對方的背影，跟著他前進。

「你不記得我了？」

行進的過程中，男人忽然開口。

「我的腿上還留著被你刺傷的疤痕呢！」

弗萊迪一愣，忽然想起他回到「冥王」那天晚上發生的事，那時他剛離開蘇杞弦心情很差……他打量眼前的男人，卻對他的長相毫無印象。

對方笑了笑，「我很感激你當時留我一命。」

他們在一間房間前停下腳步，男人掏出鑰匙開門，「頂多十分鐘。」

門一開，弗萊迪就看見蘇杞弦靠牆坐在床上，他身上還穿著被綁架當天的衣服，白襯衫又髒又皺，看起來好幾天沒洗澡，頭髮很油膩，身上充滿尿騷味。蘇杞弦側頭露出疑惑的表情，他聽到第一天拿牛奶給他喝的那個男人的聲音，卻沒聽見他走進來的腳步聲，正覺得奇怪，就覺得床鋪一沉，被人一把抱住。

他一僵，害怕地掙扎起來。

「別怕，是我。」

蘇杞弦動作一頓，胸口劇烈地跳起來。他聞了聞對方身上的味道，用顫抖的雙手觸摸那張線條熟悉的臉。弗萊迪緊緊抱住他，埋在他肩上低聲道歉。

「你有沒有受傷？」

「弗萊迪……？」

兩人同時鬆了口氣，蘇杞弦自從知道弗萊迪必須殺人來換取自己的自由後，就一直很擔心。而弗萊迪看到對方除了瘦了點之外，並沒有受傷，也稍微放下心來。

「他們一直把你關在這裡？」弗萊迪環顧四周，這房間看起來比自己被囚禁在「冥王」的房間還大。

「對，一開始是在類似牢房的地方……後來我生了病，他們就把我移到這裡來。」

「生病了？」弗萊迪焦急地摸了摸他的額頭。

「就是有點發燒……現在已經好了。」蘇杞弦連忙回答：「我什麼時候能離開？」

「還要幾天，我和史威特正在準備。最多三天。對不起，杞弦……」

蘇杞弦失望的表情讓弗萊迪更為愧疚。

「都是我的錯……對不起……」

他低頭輕輕碰了碰他的嘴唇。

「嗯！」蘇杞弦一愣，忽然紅著臉推開他，「我好幾天沒洗澡了……」

弗萊迪再也忍不住，他含住蘇杞弦的下唇，輕輕吸吮著。他們已經分開兩個月，弗萊迪對他的思念高漲到了一觸即發的地步。除了除夕夜之外，弗萊迪常常到蘇杞弦住家附近偷看他，總是告訴自己不要靠近他、不要打擾他的生活，然而卻又無法停下這彷佛跟蹤狂般的偷窺行為。蘇杞弦輕哼一聲，像是感受到對方灼熱的思念，微微張開嘴，徹底品嘗這飢渴纏綿又溫柔得不可思議的吻。這幾天他一直很害怕，如今被弗萊迪抱在懷裡，他終於放鬆下來，不想放開對方溫暖強壯的身體。

叩叩！

忽然的敲門聲讓兩人同時一驚，弗萊迪依依不捨地放開他，「我該走了。」

「嗯……」蘇杞弦還倒在床上，半睜的黑眸失神地看著天花板，雙頰緋紅。

「我愛你，我一定會救你出去。」

弗萊迪又親了一下他的嘴唇，才快步離開房間。

蘇杞弦緩緩伸手，神情恍惚地觸碰自己的嘴唇。他們很久沒聯絡了，他以為自己能夠漸漸忘記弗萊迪，但剛才的吻卻像打開他深藏心中的回憶，濃烈的情緒頓時將他淹沒。和弗萊迪接吻的感覺太過強烈，甚至蓋過他的恐懼，蘇杞弦不斷想著弗萊迪的一切和他放在鐵盒子裡的小卡片，直到被帶出房子之前，他都依然沉浸其中難以自拔。

隔天，弗萊迪單槍匹馬來到一間隸屬於「夜鴞」的酒吧，他身穿深灰色方格的針織上衣，戴著一頂鴨舌帽，但他壯碩的身材一進門就立即引起保鑣的注意。一個和他同樣高大的男人走近，在看清楚那張充滿戾氣的冷臉時，保鑣微微變了臉色。

「我要找福斯柯洛。」

保鑣正想掏出對講機通知同伴，但弗萊迪一閃身來到他面前，雖然兩人身材相當，卻讓他感到一陣畏懼。

「他在找我，幫我打給他。」

別說是福斯柯洛，就連泰勒都在找他，現在弗萊迪可說是最熱門的通緝人物。對方遲疑了一下，終於掏出手機撥電話。過了一會兒，保鑣才把電話交給弗萊迪，另一頭傳來低沉醇厚的聲音。

「我還在想，你是不是不要你的小情人了？」

「我沒有成功，」弗萊迪懶得跟他廢話，「但我手上有『冥王』的帳本，我要用它來換蘇杞弦。」

「……我怎麼知道那是真的？」

弗萊迪早就料到他會這麼說，他向福斯柯洛要了email，將路易請人解密出來的文件截圖傳出去，沒多久，就收到對方的回應。

「很好，三天後，我們一手交人一手交貨。」

「不行！」弗萊迪鐵青了臉，「三天太久了！」

「好吧……兩天後，你自己來，別耍手段。」對方說出一個地址。

弗萊迪鬆口氣，記下時間地點後把手機還給站在一旁的保鑣，便從後門離開，剛好和聽到風聲前來的「冥王」手下擦身而過。

兩天後，弗萊迪獨自開車來到郊區，這一帶他很熟悉，距離他的房子很近，不知道福斯柯洛是不是故意選的，剛好選在他和蘇杞弦初次相遇的地點附近。

希望今天能順利帶他回家……

他在墨綠色的T恤外穿了件黑色的防彈背心，這款高規格的防彈衣可以抵擋手槍和手榴彈碎片，前後共二十個口袋，全都塞滿了彈匣；罩在外頭的外套看起來像普通的羽絨外套，實則具有防火、防化學藥劑及紅外線掃瞄的功能，外套內側則掛滿大小槍枝和手榴彈。弗萊迪覺得自己簡直像個行動火藥庫，要是現在有人跟他的汽車擦撞一下，恐怕就要在座位上自爆了。

一路上，音響播放的依然是蘇杞弦的專輯。他在開車空檔時瞄了一眼封面，自言自語。

「別怕，我馬上就帶你回家。」

依循地址，弗萊迪開上一條荒涼的小路，來到一間廢棄工廠。弗萊迪並沒有馬上下車，而是坐在車裡等待，直到另一部車出現在視線中。一個男人先從副駕駛座下車，打開後方車門，接著一個黑髮男人走出來，弗萊迪一看到他出現就直直盯著離不開眼。

蘇杞弦身上的白襯衫凌亂地跑出褲腰，上面充滿汙漬，踉踉蹌蹌地跟在男人後方走著。看到蘇杞弦的雙手被綁在身後，心痛和憤怒一湧而上，弗萊迪強行壓下情緒，把隨身碟拿在手中，下車走進工廠。

鐵皮架成的工廠泛著霉味，空氣中充滿灰塵。工廠裡有三個人，站在距離他約五公尺的地方，剛才開車門的男人正蹲著打開一台筆記型電腦，另一名看起來比弗萊迪還要年輕，輪廓深刻俊美，有著深棕色短髮和藍眼的男人，正是本地第二大黑道組織「夜鴞」的首領伊凡・福斯柯洛。

他的家族是墨西哥的大毒梟，他排行老么，有的人會叫他「小福斯」。他因為和兄弟鬥爭失勢，因而來到美國打算另起爐灶，於是創辦了「夜鴞」。他還很年輕，但身邊有一群從老家跟他一起離鄉背井、經驗豐富又對他誓死效忠的部下，再加上小福斯熟知走私和販毒的管道，所以雖然是很年輕的幫派卻崛起得非常快。他的目標就是稱霸美國東岸。

弗萊迪給他的資料清楚列出了帳目明細，只要有了這個，在消滅「冥王」之後就能順便吞併他們的人脈，或是以此為要脅。弗萊迪為他帶來的文件說不定比泰勒的命還要值錢。

見弗萊迪隻身走進工廠，福斯柯洛笑了，就像之前在電話裡那樣輕鬆愉快。

「你真準時，羅密歐！」

蘇杞弦側頭傾聽，沒聽到任何腳步聲，但他知道是誰。

弗萊迪強迫自己移開視線不去看蘇杞弦，他一抬手，小巧的隨身碟劃出一道拋物線。棕髮男人用單手接住，直接交給一旁的手下測試。隨身碟一脫手，弗萊迪就把手放到槍柄上，一臉戒備地盯著對方。福斯柯洛放鬆地笑了笑，彷彿置身事外。

沒多久，他的手下對他點點頭，弗萊迪不由得暗暗鬆了口氣。

福斯柯洛收起隨身碟，往蘇杞弦背後一推。蘇杞弦向前踉蹌兩步，不明就裡。

「杞弦，過來這裡。」

熟悉而沙啞的聲音呼喚著他，讓蘇杞弦眼眶發燙，他朝著聲音方向越走越快，最後一頭撞進弗萊迪懷裡，深深吸著對方的味道。

「嗚……」

弗萊迪很想緊緊抱住蘇杞弦好好安慰一番，但事情還沒結束。弗萊迪左手扶著蘇杞弦，右手依然按在槍上，沒有轉身而是盯著福斯柯洛慢慢往後退。

快走到門口時，外頭傳來一聲槍響。

在工廠裡的四人臉色同時一變，弗萊迪推著蘇杞弦藏到堆了廢棄物的架子後方，幾乎是同時大批持槍分子湧進工廠，見人就開槍。福斯柯洛和手下一邊開槍一邊往後退，弗萊迪則掏出一把小刀割斷蘇杞弦手腕上的麻繩。工廠內頓時充滿開槍、彈殼落地，還有子彈射到牆壁或鐵架上的巨大聲響。蘇杞弦摀住耳朵不停顫抖，感覺弗萊迪在他好幾天沒洗的頭髮上親了親，把他推到一個角落。

「別怕。」

蘇杞弦忽然想起在他生日的那天晚上，弗萊迪也是這樣把他藏起來，自己出去和歹徒搏鬥的，心裡有股說不出的滋味。

弗萊迪站在蘇杞弦面前，用自己的身體擋住他。他們所在的位置十分狹小，牆壁和架子間的距離大概只有一公尺寬，雖然可以防止偷襲卻很難移動。子彈幾乎都是擦著弗萊迪的身體射到鐵皮牆上，發出刺耳的鏗鏘聲響；有的射中旁邊的麻布袋，發出低沉的聲音。

弗萊迪毫不猶豫地扣動扳機，在這情況下除了他倆之外全都是敵人，他準確地射中試圖靠近的敵人要害。

槍戰、慘叫聲不斷響起，蘇杞弦摀著耳朵，聽見心臟狂跳的聲音，一次比一次激烈，像要跳出胸口一般。他知道弗萊迪擋在自己前面，子彈聲如此接近，但他不知道該怎麼做才能幫得上忙，只能縮起身體努力不成為累贅。

弗萊迪射空了三個彈匣，勉強支撐著。門口忽然傳來一陣剎車聲，兩台車直接衝進工廠，撞倒一群人，車門一開就是一陣掃射。這是福斯柯洛在附近待命的手下，一接到聯繫馬上就趕來了。場子上都是敵人，「夜鴞」的人一現身便用衝鋒槍清場，哀嚎聲四起。眼看兩個幫派打成一團，幾乎沒人注意到他們，弗萊迪覺得差不多了。他隨手射向一個拿衝鋒槍的男人，對方應聲倒地，見短時間前方沒有敵人了，他轉頭靠在蘇杞弦耳邊開口。

「等下我會丟煙霧彈出去，你可以帶我們走到出口嗎？」

蘇杞弦一臉緊張地點點頭，感覺手上被塞了個東西，他一摸形狀，是他的盲人手杖，甩開後頓時有了些底氣。

「往前走到沒有架子的地方右轉，走到底，再左轉靠牆走……準備好了嗎？」

「嗯！」

弗萊迪從外套中掏出兩個鐵罐，拉開插栓扔了出去，橘色的煙霧立即瀰漫開來。四周傳來驚叫聲，但像鞭炮一樣從剛才就響個不停的槍聲慢慢停歇了，畢竟在這種情況下亂開槍可能會誤傷自己人。在視線完全被煙霧遮蔽前，弗萊迪再次確認前方沒有敵人，然後把蘇杞弦拉到前方，閉上眼，一手輕輕扶著他的腰。

蘇杞弦十分緊張，又覺得自己身負重責。空氣中帶著一股化學藥劑的味道，還有汙濁的粉塵，他屏住呼吸，鼓起勇氣踏出第一步，一邊用手杖探查地面一邊前進。經過之前的練習，他現在可以用一般的速度行走，手杖敲到高起的地方時，他還以為是路面不平，一腳踩上去卻是柔韌的觸感。蘇杞弦忽然意識到那是什麼，嚇得他腿一軟，差點跌倒。

弗萊迪及時托住他的腰，「繼續走，帶我們回家。」

聽到他這麼說，蘇杞弦忽然湧起一股強烈想回家的渴望，觸碰他的那隻手掌寬大而溫暖，為他帶來力量。蘇杞弦咬著牙繼續前進，在嗆鼻的粉塵煙霧中，現在的他竟然是場上唯一行走無礙的人。

兩人一前一後，穿越橘紅色的煙霧走向出口。弗萊迪忽然有點能體會盲人的感受，就算大概知道路，看不到前方的不安會讓人寸步難行。他一手扶著蘇杞弦的腰，手指輕輕磨蹭著，像在鼓勵他，又為他感到驕傲。

他能自己前進了，我的小盲貓真棒。弗萊迪心中響起不合時宜的感嘆。

蘇杞弦的注意力都放在手杖上，他感覺到空氣中有股清流，越往前走，那原本混濁的空氣漸漸變得清新起來，風的感覺讓他知道自己的方向沒有錯，不禁加快腳步。他們終於來到一個寬度像是門口的地方，風迎面吹來，走出去應該就是開闊的空間。蘇杞弦正想轉頭問弗萊迪要不要繼續走，卻聽見身後傳來「砰」的一聲。

他頭皮一麻，瞬間全身發冷。

一陣風把靠近入口的煙霧吹散了些，附近的人一發現到他們，就舉槍朝弗萊迪射來，一槍射中他後背。

雖然子彈射不過防彈背心，但打在身上依然很痛，弗萊迪沒時間遲疑，他已經看到路易帶著傭兵隊朝這裡邁進的身影。他把呆立的蘇杞弦往外一推，自己轉身迎敵。另一枚子彈穿透他的右手臂，灼熱的劇痛擴散開來。

「走！」

蘇杞弦張了張口，卻發不出聲音，直覺知道弗萊迪受傷了。

「快走！」

弗萊迪用自己的身體擋住出口，抬起沒受傷的左手射殺敵人。另一個人朝他開槍，一枚子彈射穿他的小腿，弗萊迪單膝跪倒在地，用左手掏出一顆手榴彈，咬開拉環，往工廠裡投。

裡頭傳來男人驚慌的叫喊聲。轉頭看到蘇杞弦仍呆站在不遠處，弗萊迪咬牙撐著傷腿跳起，將蘇杞弦撲倒在地滾了幾圈，努力離開爆炸範圍。

轟！

鐵片和火苗隨著爆炸聲竄出，他緊緊護住蘇杞弦。他感覺有碎片擦過腦袋，手臂和小腿痛得都要失去知覺，但仍努力張開身體包覆住底下的男人。

路易和傭兵終於趕到現場，看到背後插了不少玻璃和鐵片的弗萊迪不禁倒吸口氣。

「快，拿擔架過來！」

警笛聲由遠而近，弗萊迪鬆口氣微微移開身體，底下的蘇杞弦表情驚恐，淚水流了下來，在骯髒的臉頰上畫出兩道雪白的痕跡。

弗萊迪用手替他擦了擦臉，露出白皙的臉頰。

「弗、弗萊迪……？」

「別哭，我沒事。」他啞聲安慰，「沒事了，史威特的人到了。」

「嗚……」空氣中充滿煙硝味，還有一股濃厚的血腥味，似乎是來自上方的男人，「你、你受傷了?醫生?這裡有沒有醫生?!」

蘇杞弦一臉無助地四處張望，看不見任何東西。他聽見路易的聲音響起。

「擔架來了，我馬上送你們去醫院——！」

尾聲

他被劇烈的疼痛喚醒。

房間四周的牆面都是米白色的，溫暖的陽光從窗簾縫隙照進來，留下強烈的光影。躺在病床上，弗萊迪覺得全身極不舒服，背後隱隱作痛，特別是右手臂和右腿有種火辣辣的疼痛感。他轉頭看見隔壁還放了一張床，一名黑髮青年面對著他，神情安詳地側躺在床上。

弗萊迪定定地看著他，覺得身上的疼痛漸漸消退。看著他凹陷憔悴的臉、緊閉的眼、直挺的鼻子和小嘴，內心寧靜，彷彿自己可以就這樣躺著看蘇杞弦一輩子。

不知過了多久，蘇杞弦也醒了，他翻個身揉了揉眼，半睜著那雙無神的眼睛下了床。弗萊迪發現他朝自己走來，不禁屏住呼吸。

蘇杞弦的手爬上床沿，摸到比自己粗壯許多的手臂，他一邊感覺上頭的毛髮，一邊往上摸。細細癢癢的感覺讓弗萊迪泛起雞皮疙瘩，他原本打算繼續裝睡，但看到蘇杞弦臉上隱隱的擔憂，忍不住輕聲開口。

「杞弦。」

蘇杞弦嚇一跳，連忙縮回手，怒道：「你、你怎麼醒了！」

見他尷尬地紅了臉，躺在床上的男人眼神溫柔，輕輕撫摸他的臉。

「你還好嗎？有沒有受傷？」

聽見弗萊迪醒來第一句話竟然是問自己有沒有受傷，蘇杞弦感動得一塌糊塗。要知道當他聽到弗萊迪中了兩槍的時候，嚇得差點喘不過氣來，但自己卻是毫髮無傷，回來吊完點滴洗個澡就沒事了。

「……杞弦？」

弗萊迪抬起左手，吃力地伸向蘇杞弦，拍了拍他的手背。

一陣暖意從覆蓋他的手掌傳來，蘇杞弦回過神，「我沒受傷，倒是你中了兩槍，身上還有不少傷口，是在爆炸時被割傷的。」

弗萊迪只是盯著蘇杞弦，沒認真聽他說了什麼。等他說完，弗萊迪握住對方的手低聲說。

「你沒事就好。」

蘇杞弦胸口狂跳起來，嘴裡彷彿嚐到又酸又甜的滋味。弗萊迪要跟他道歉了嗎？他是不是要回來了？他還願意當自己的管家嗎？腦中閃過許多念頭，竟有些忐忑難安。兩人一時沉默，握住的手也沒有放開。

「我……這一切都是我的錯，對不起……」弗萊迪握住他的手，艱難地找尋適當的字句。原本離開蘇杞弦就是怕給他帶來麻煩，沒想到還是演變成他最不希望看到的局面。他忍不住將握著的手拉到唇邊親吻，心中既悔恨又慶幸這樣的意外把蘇杞弦帶到離自己這麼近的地方。

手指上傳來的觸感讓蘇杞弦一顫，他倒吸口氣，雙頰以可見速度泛紅起來。還沒回答，病房的門就被打開。

「這麼快就能談情說愛了，恢復得挺好的嘛！」路易忽視兩人曖昧的氣氛，歡快地說：「我幫你們買了早餐。」

話雖如此，他卻是第一個坐下來吃的人。雙胞胎保鑣把手中散發香氣的紙袋放到桌上，其中一名拿出濕紙巾讓少爺擦手，另一人則拆開一個三明治放到路易手上。路易吃了幾口，保鑣把紙袋中剩下的食物拿給另外兩人。

「你想出來的法子真不錯，」金髮男人吃完三明治，讓保鑣替自己擦了手，「不管是『冥王』還是『夜鴞』都死了不少人，沒死的也被警察帶回去了。至於那帳本我也交給警察了，之後他們光是應付警察，就夠他們忙的！」

「什麼帳本？」蘇杞弦問，接過弗萊迪替他拆開的三明治，放在手中。

弗萊迪其實不太想在他面前討論這些事，但既然蘇杞弦問起，也只好簡單解釋。

「我是『冥王』幫的手下，綁架你的人是另一個名叫『夜鴞』的幫派，他們要求我殺死『冥王』的教父布里斯・泰勒，但我沒殺他，只是拿走幫派裡的帳本做為交換。」

路易嗤笑了一聲，「『只是』？那東西可是重要的犯罪證據，值錢得很。」

蘇杞弦轉向弗萊迪，有點好奇，「很值錢？值多少錢？」

弗萊迪捏了捏他的手，「沒有你重要……」

「弗萊迪……」

眼看病房又要充滿他剛進門時的粉紅泡泡，路易乾咳一聲，身後的保鏢也跟著咳了起來，此起彼落。

蘇杞弦咬牙，非常想瞪他們，「你們有病就去外面掛號看醫生！」

「總之，那個檔案有密碼，是我派人解開的。」路易用邀功般的口氣說著，但沒得到任何回應，「弗萊迪就拿那個檔案換你回來，不過我們同時也通知了『冥王』交易的時間地點，讓他們自己來搶帳本。然後就是你昨天看到的情況了。」

蘇杞弦已經懶得吐槽他「我又看不到」，默默消化聽來的資訊。他對這種事情不甚了解，但也知道弗萊迪為了救他冒了很大的風險。

而且還中了兩槍……！

「我看到你留在鋼琴上的紙條，我們有聯絡上你父親。打電話的人騙他說是你多年不見的老朋友，想給你一個驚喜，才委託他約你出來。」弗萊迪說。

「所以他人還在台灣？」

「對，他沒事。」

蘇杞弦深深嘆口氣。在被囚禁的期間他也很擔心父親的情況，不知道自己到底是湊巧在路上被綁架，還是父親受到什麼威脅才……？雖然和父母很少聯絡，但蘇杞弦實在不願相信自己的親人會害他。

「所以他也被騙了。哎，算了，反正他也搞不清楚我有哪些朋友，都好幾年沒見了……」

見蘇杞弦輕易接受了這件事，弗萊迪和路易對看一眼，有志一同地決定不要把他爸收錢的事說出來。

「那天你怎麼會來？」蘇杞弦問：「負責看守我的人放你進來的？」

「等等？哪一天？」路易插口，但沒人回答他。

「我們在你被綁架的現場找到目擊證人，然後用他們提供的車牌號碼找到一個地址，正好就是囚禁你的地方。我想快點確認你的安危……而那個男人……」弗萊迪想了想，決定說出實情，「我以前打過他，然後幫他叫了救護車，他說他很感謝我。」

……這到底是怎樣的恩怨情仇。

蘇杞弦和路易沉默片刻，都覺得黑道中人的心，他們不懂。

「總之，他們應該暫時沒心力找你們麻煩了。」路易喝掉咖啡，「不過我還是建議你們搬個家比較好，至少離開這個州，我可以幫你們問問其他地方的房子。」

「……我考慮看看。」蘇杞弦回答。

弗萊迪望著他，眼中難掩期盼，暗自希望蘇杞弦會把自己也一起搬進新家。

由於弗萊迪還要幾天才能出院，蘇杞弦也跟著住下了來。說實在的，他根本沒有任何照顧病人的能力，卻理直氣壯地賴著不走。傍晚，新管家替他們送來晚餐和換洗衣物，對弗萊迪點了個頭，淡淡地開口。

「老爺，家裡外面有很多記者，您打算如何處理？」

蘇杞弦皺眉，「警察已經公布我平安回來的消息了嗎？」

「是的，這是今天的晚報，還有您的手機。我把充電器和一些用品都放在袋子裡。」

「謝謝，就告訴他們我在醫院休養，沒有大礙吧。」

「是，老爺。」

「經紀人那邊也聯絡了吧？」

「是，路易少爺都處理好了。」

「嗯。」

那西裝筆挺的男人朝兩人鞠躬，優雅地一轉身，離開病房。

打開管家帶來的晚餐，看到裡頭是蘇杞弦喜歡的台式口味家常菜和米飯，色香味俱全，又特地為了病人稍微減少調味時，弗萊迪頓時感到一陣挫敗。

——原來專業的管家是這樣的！

「新管家廚藝很不錯。」

「是啊。」蘇杞弦想到什麼，紅著臉哼了一聲。「而且他不會趁著做蛋糕時摸我屁股。」

弗萊迪忍不住笑出來，抬起沒吊點滴的手摸摸他的頭，哄道：「那我下次也不摸你了，可以嗎？」

蘇杞弦又哼了一聲，抓住他的手掌一臉不滿，「為什麼不摸！」

弗萊迪哭笑不得，「別鬧了，先吃飯吧。」

蘇杞弦拿起便當盒坐在床邊，硬是堅持要餵他。被一個瞎子餵飯實在是比自己吃還沒效率，不過弗萊迪甘之如飴。他們吃完飯，收好便當盒後，蘇杞弦拿著報紙爬上弗萊迪的床。受傷的男人艱難地挪出空位給他，稍微被壓痛了也不敢出聲。

「唸關於我的報導。」

蘇杞弦靠在弗萊迪沒受傷的左手臂上，一點愧疚感也沒有地奴役傷患。

「是，老爺。」

蘇杞弦笑了起來，笑完才忽然發現，這好像是三個多月以來最開心的一天。

「你要叫『主人』。」

「……主人？」弗萊迪挑眉。雖然大家都在背後叫他「冥王的看門犬」，但可沒什麼人敢在他面前提出這種要求。看著眼前瘦瘦弱弱，自己一隻手就能捏死的鋼琴家，弗萊迪心甘情願認栽。「只要你不趕我走，我願意為你做任何事……主人。」

蘇杞弦心裡莫名有些酸澀，他慢慢收起笑容，認真思考弗萊迪的話。

弗萊迪一直覺得他側頭閉眼的樣子就像個天使，正在聆聽凡人聽不見的神祕聲音。他眼神掠過蘇杞弦微微顫動的睫毛、鼻梁，停在唇峰微翹，嚐起來十分柔軟的嘴唇上。

「你不走了？」

「對。」

蘇杞弦深吸口氣，伸手觸摸弗萊迪的臉，表情有些感傷，「你不會再騙我了吧？我不喜歡……那樣……」

弗萊迪胸口一痛，「沒有騙你，再也不會騙你，我發誓。」

他抓住蘇杞弦的手放在唇邊一根一根地吻著。蘇杞弦的手指修長，在黑白鍵上行雲流水般跳躍時尤其漂亮；因為拉小提琴的關係，蘇杞弦的左手指尖有一層薄薄的繭，弗萊迪忍不住含在嘴裡輕輕啃著，換來對方輕哼一聲。

「求你再給我一次機會，杞弦。」

「唔……」

「如果你喜歡，我天天給你打小卡片，盒子放不下，就貼在牆上……」

蘇杞弦一頓，「真的？」

「對。」

想起那些難以成眠，獨自摸著小卡片回憶過往的夜晚，淚水忽然湧上眼角。蘇杞弦哽咽地說：「你……要說到做到，我……」

他想告訴弗萊迪兩人分開的期間度日如年，像是被無盡的黑暗包圍，孤獨又冰冷，但剩下的話卻被一雙溫熱的唇堵住。

弗萊迪抬起唯一能動的左手扶住蘇杞弦的後腦，彎身過去，極盡溫柔地吻他，其中蘊含著難以說出口的歉意和思念。蘇杞弦順從地張開嘴，接觸對方口中軟滑的舌頭。也許是盲人觸覺特別敏感，每次接吻總讓他全身顫抖，彷彿來自靈魂深處的喜悅洗刷每個細胞；他又想起被囚禁時的那個吻，熱情激烈，彷彿光靠接吻就能讓他忘記周圍的一切……

維持雙唇相接的姿勢，蘇杞弦摸索著爬到弗萊迪身上，他記得弗萊迪腿上有傷，所以小心避開。他跨坐上去，低身趴俯著和弗萊迪接吻，這姿勢讓他清楚感受到弗萊迪下體的變化。蘇杞弦騰出一隻手，從對方被胸肌圍出的「乳溝」直直往下摸，弗萊迪中斷親吻，別過頭喘氣。

「我還是病人……」

蘇杞弦不滿地回答：「我是主人！」

弗萊迪沒轍，只能任蘇杞弦運用那雙靈巧的手在自己身上縱火。他身上只穿了件類似浴袍設計的病人服，很容易就被拉開，裡面也沒穿內褲。蘇杞弦伸手握住那灼熱的勃起，一邊撫摸還一邊用中文感歎著「真大」、「老外就是不一樣」。

弗萊迪用比平時還要沙啞的聲音制止他，「別這樣……」

蘇杞弦稍微用力一捏，身下的人果然發出一聲低吟，沙啞而性感。

「唔……杞弦……」

這姿勢讓蘇杞弦覺得有點「難以施展」，又不敢往後移，怕會壓到弗萊迪的傷腿。他靈機一動，轉身換個方向跨坐在他胸口，背對著騎在弗萊迪身上。蘇杞弦摸過對方壁壘分明的腹肌，用雙手包住那粗長如大黃瓜的陰莖，細細撫摸著。他有點慶幸自己看不到，否則在他掏出來的時候，恐怕會想馬上分手吧！

蘇杞弦是瞎子，但他底下的男人可不是，弗萊迪一臉錯愕地看著蘇杞弦的小屁股貼在自己胸口前後移動著，隔著一層睡衣摩蹭他，而屁股的主人正握住他快要爆發的勃起玩弄著，他覺得自己快瘋了，直想扯開病人袍壓倒對方。

「杞弦，別弄了……」

「叫主人！」

「主人，回家再玩好嗎？」

對方粗重的喘息和哀求讓蘇杞弦成就感爆棚，加上久別重逢，頓時腦袋一熱做起平時不好意思做的事。他雙手握住對方粗長的分身，試著用平常自慰的力道上下抽動著，底下男人身體微微顫抖，一手放在他臀部上，像要推開他又不敢。

「唔……」

「舒服嗎？」

「杞弦……」充滿壓抑的低啞聲音在喘息間響起。

蘇杞弦湊了上去，用嘴找到那圓潤飽滿的頂端，舔了一口。

唔，鹹的。

底下的人倒吸口氣，還來不及阻止，蘇杞弦就張口含住他，用力吸了一口。弗萊迪下腹一緊，克制不住射了出來。

一股鹹腥的熱流湧入口中，蘇杞弦沒想到他這樣就射了，來不及移開，口中、下巴和手裡全是弗萊迪的精液。

「嗚、呸呸……噁……你也太快了……！」

他把手中的稠液抹在弗萊迪衣服上抱怨著，忽然一股力氣抓著自己的腰往後拖。弗萊迪像發瘋一樣扒掉蘇杞弦的睡褲和內褲，忘記自己手臂上的傷，用雙手抓住那兩瓣嬌嫩的臀部，湊上去啃咬眼前能看到的所有肌膚。又痛又癢的奇妙感受傳來，意識到自己正光著屁股對著戀人的臉，蘇杞弦脹紅臉，不自在地扭動身體想下來，但弗萊迪緊抓著他的屁股，甚至分開臀瓣，輕輕舔著那小巧的穴口。

「啊！」蘇杞弦忍不住驚呼，又羞又慌張，「別、別舔那裡……髒……」

濕熱的舌頭浸濕緊縮的入口，唾液潤澤著四周的皺褶，又熱又癢，卻又弄得蘇杞弦十分舒服，身體跟著起了反應。當弗萊迪用手指撥開他被舔得變軟的入口，將舌頭戳入時，蘇杞弦又羞又尷尬，只能哀求著。

「不要……不要……」陌生的快感讓他全身發軟，蘇杞弦拚命扭著身體想避開，「現在不行……別碰那裡……啊……」

見蘇杞弦不願意，弗萊迪也不強迫他，他改為握住上方男人的腰往上提，讓他幾乎是跨坐在自己臉上，舔著對方相對而言嬌小可愛的器官，像剛才蘇杞弦對自己做的一樣，將他的勃起含入口中。

只是他不像戀人剛才那樣半開玩笑的玩弄方式，弗萊迪將對方全根吞沒，溫柔吞吐著，即使抵得自己喉頭不太舒服也不介意，只是全心全意取悅蘇杞弦。

他的努力換來蘇杞弦甜膩的呻吟。黑髮青年倒趴在他身上，前胸貼著他下腹，立起的乳尖在堅硬帶著短毛的腹肌上磨蹭著，手裡還把玩弗萊迪又硬起的男根。

「啊……啊……！」

失去視力讓蘇杞弦其他感官更加敏銳，他感覺包裹敏感下體的口腔像個火爐般，恰到好處地將他的慾望烘烤到接近燃點，飄飄然忘記自己身在何處。雖然逼他擺出丟人的姿勢，底下的男人卻又如此溫柔，從飽脹的前端親吻到根部，溫柔地舔弄他的囊袋，像是把玩心愛的玩具。

「嗯……弗萊迪……」蘇杞弦趴在他身上喘息。

「我愛你，我的主人。」

蘇杞弦輕哼一聲，底下的男人體溫很高，在空調微冷的病房中令人格外依戀。蘇杞弦感覺男根重新被含進口中，比剛才更急切地吸吮幾下，強烈快感襲擊腦神經，他繃緊身體顫抖著，難以抗拒地達到高潮。

「唔……嗚……！」

弗萊迪毫不猶豫地將口中溫熱的液體吞下，放開那疲軟的器官，輕輕吻著在自己面前嬌嫩的大腿和臀部。

「嗯……」

蘇杞弦懶洋洋地趴在他身上，回味著剛才的高潮和弗萊迪的話，嘴角還有些不明液體，像隻吃飽喝足的貓。

叩叩！

「您好，我來量血壓。」

兩人同時一驚，蘇杞弦更是嚇得直接滾下病床，跌跌撞撞地躲進浴室。弗萊迪才剛拉上睡袍，一名護士就走進病房。

房間裡淫靡的氣味實在太明顯，護士皺了皺眉。

「先生，我必須提醒你，你現在還不能從事『激烈運動』，在病房裡做這種事也不太合適。」

「對不起……」

人見人怕的前黑道殺手一臉尷尬地道歉。

☆

兩天後，弗萊迪出院了，醫生吩咐他一星期後過來拆線。愛德華開車來接這兩名把醫院當蜜月套房的男人回家。弗萊迪挽著蘇杞弦坐到後座，用冰冷的眼神打量這名看起來非常專業的管家。

像是注意到他的視線，管家一邊目不斜視地看著前方駕駛，一邊開口：「路易少爺要我繼續留在蘇家工作，至少做到弗萊迪先生康復。」

「你做得很好，愛德華。這段時間謝謝你。」蘇杞弦忽然說。

這是他第一次叫新管家的名字，開車的男人眼中掠過一絲驚訝，隨即面不改色地回答：「這是我的榮幸，老爺。」

弗萊迪冷下臉，有點不開心。蘇杞弦好像從來沒這樣稱讚過他……

蘇杞弦雖然看不到，卻能感覺身旁的人突然不高興了，他捏了捏弗萊迪的手臂。

「人家可是正經的管家，認真負責，哪像你，哼……」

「對不起，我不會再那樣了。」

弗萊迪連忙認錯，心情頓時從嫉妒轉為愧疚，低聲哄著戀人，在他臉上親了親。

兩人相親相愛地回到家後，馬上分頭洗澡換衣服，洗去醫院的氣息。弗萊迪的傷口不能碰水，因此只能擦拭身體，他來到自己位於二樓的房間，所有東西都沒變，衣服也還在櫃子裡，弗萊迪漸漸放鬆下來。明明才住了幾個月，他卻對這棟房子產生了歸屬感，原因當然是因為房子的主人。

蘇杞弦是他人生中最美好的意外，也是最美好的存在。

弗萊迪從來沒想過在荒郊野外偶遇的男人，會成為他生命中最重要的人。能和蘇杞弦相愛，就像把這輩子的好運一次賭上了，而且還中了大獎。

雖然他之前的身分給蘇杞弦帶來無法挽回的傷害和麻煩，但正如他所言，他會用接下來全部的人生來補償他、疼愛他、照顧他。

弗萊迪脫下浴袍，露出小麥色精壯寬闊的背，肩胛骨上竟紋了一排鋼琴鍵、蘇杞弦的中文名字和幾顆星星，他換上衣服。

金色的小鈴鐺躺在桌上，弗萊迪拿起來搖兩下，別在胸口。

叮鈴……

弗萊迪走下樓，毫不意外看到蘇杞弦已經坐在鋼琴前面，一臉投入地練琴。聽到鈴鐺聲，蘇杞弦忍不住停下來，內心有種失而復得的喜悅。他拍了拍身旁的椅子，要弗萊迪坐過來。

弗萊迪在他右邊坐下，有點懷念地按了兩下琴鍵，清脆的琴音在挑高的客廳中迴響。

蘇杞弦側頭靠在他肩上。

「接下來你有什麼打算？」

弗萊迪內心咯蹬一聲，提心吊膽地回答：「什麼意思？」

「你還要留在我這裡當專職保母嗎？我記得你說過想當廚師……」蘇杞弦眉頭輕皺，「是真的嗎？」

「是真的。」弗萊迪連忙回答：「我真的想當廚師，我之前的夢想就是開一間店。」

「那你……」

弗萊迪握住他的手，「現在，我只想做菜給喜歡的人吃。」

「哼。」

蘇杞弦哼了聲，卻壓不住嘴角上揚。

「那你快簽約吧，愛德華，幫我把文件拿出來。」

這個家中穿得最正式的男人走來，托著一份文件。弗萊迪一看標題卻傻住了——那是一份結婚申請書。

種種情緒漲滿胸口，卡在喉中，他忽然說不出話來了。

聽不見對方的回應，蘇杞弦有點著急地推了推他。

「喂，怎樣？」

弗萊迪深吸口氣，緊緊抱住他，低啞地開口。

「婚禮配樂就用《小星星變奏曲》好嗎？」

蘇杞弦笑了，「四手聯彈嗎？好啊，那你得好好練習了！」

於是客廳中又響起家喻戶曉的旋律，清脆地迴蕩在別墅中。他們終於又能並肩坐在一起，音樂和他身旁的男人，是蘇杞弦生命中唯二的最愛。

這首由盲人音樂家和前黑道分子聯彈的《小星星變奏曲》，雖然處處失誤，對他們而言卻是天籟之音，正如不盡圓滿卻依然動聽的生命樂章。

番外一　花都圓舞曲

蘇杞弦受邀參加了一場國際殘障運動會的開幕表演，地點在巴黎。他束起頭髮，穿著筆挺的燕尾服，白色小立領上別了一個蝴蝶結，看起來高雅英俊，氣質逼人。這是他出道以來最盛大的舞台，出場時來自四面八方的掌聲嚇得蘇杞弦膝蓋發軟。弗萊迪拍拍他緊握的手，低聲安慰。

「別怕，不過是十萬人而已。」

「……」蘇杞弦忍不住笑出來，緊繃的肩膀放鬆幾分。

敬禮過後，蘇杞弦左手反覆彈出 Si Do Re So 的伴奏，右手高八度的主旋律一下，神祕飄渺的氣氛頓時流淌而出，配合乾冰營造出的霧氣，舞台上的女舞者躍出，在幢幢樹影的布幕前跳躍，伸展肢體。

這場開幕演出共有超過三千名志願者參與，許多都是殘疾人士，例如正在表演的女性其實是一位知名聽障舞蹈家。她聽不見音樂，蘇杞弦看不見她的動作，在上台前兩人的配合遭遇了一些困難，而這段過程也被錄成幕後花絮。

隨著劇情推演，蘇杞弦演奏了《阿拉貝斯克》、蕭邦《離別》練習曲，然後交響樂團上場，他坐在舞台上休息片刻，直到壓軸的盲人歌手登場。弗萊迪記得家裡有那名歌手的CD，不禁多打量了那頭髮灰白的義大利男人兩眼。

溫暖飽滿、充滿張力的歌聲響徹會場，搭配交響樂團和舞者共同演出，非常震撼。弗萊迪在舞台後方看著螢幕，蘇杞弦額頭浮現汗水，表情十分享受而投入。

兼具美貌、戲劇性遭遇，以及毫無水分的學歷和實力，現在蘇杞弦可說是當紅鋼琴家之一。而這樣完美的人，竟然是自己的合法丈夫。弗萊迪回想起那場在夏威夷舉行的婚禮，白色的教堂正對大海，賓客有不請自來的路易、蘇杞弦母親、音樂學院的老師、安娜，還有兩個從良的小弟。他摟著身穿白西裝的蘇杞弦在海潮和弦樂聲中跳著慢舞，蘇杞弦不停踩到他的腳，在他懷裡笑得像個傻子。弗萊迪一生中最美好的時光都是和蘇杞弦的回憶。

漂泊一生，驀然回首，自己竟然也有了家人朋友，蘇杞弦像是船錨，讓他真正在這浩瀚的世界安定下來。他下半輩子的目標就是好好照顧他的丈夫，讓蘇杞弦過得健康快樂，繼續在舞台發光發熱。

激昂澎湃的交響樂、鋼琴，以及高亢有力的歌聲，將場內氣氛帶到最高點，數萬名現場觀眾叫好鼓掌，對這兩名盲人音樂家表達敬意。蘇杞弦指尖微微發麻，扶著鋼琴站起，聽著耳機中的指導朝觀眾的方向鞠躬。主演的女舞者走過來挽住他的手臂，將他帶到舞台中央，另一手則勾了男高音，三人一齊行禮。殘障運動會開幕典禮就在熱烈的氣氛中結束，鼓掌聲迴盪在會場中久久不散。

回到飯店洗完澡，蘇杞弦依然興奮不已，手機不停振動，他的老師、唱片公司、看到轉播的朋友們都紛紛傳訊息來恭賀他演出成功。

見蘇杞弦抱著手機在大床上滾來滾去，聽著一則則語音留言，沒有睡覺的意思，弗萊迪無奈地抱住他。

「不累嗎？」

蘇杞弦在他懷裡磨蹭，「你覺得我表現得怎麼樣？」

這問題蘇杞弦起碼問了一百次，然而弗萊迪沒有絲毫不耐。

「你很棒，我很為你驕傲。」

蘇杞弦嘿嘿笑了兩聲，忽然捏了一把弗萊迪的手臂。

「今天的份呢？」

萊迪把一張小卡塞進他手中。

蘇杞弦一愣，驚喜道：「你竟然把點字機帶來了！」

他摸著上頭的字，不知道弗萊迪是什麼時候打的，也許是趁他洗澡的時候。

「今天是殘障運動會開幕，恭喜你演出成功，你是最完美的鋼琴王子。我開始擔心太多人喜歡你了。我愛你。」

蘇杞弦一愣，又反覆摸了幾次，沉默下來。

弗萊迪摟著他，呼吸噴在他頸邊，「累了一天，睡吧。」

蘇杞弦背對他側躺在床上，忽然開口：「你知道，我為什麼想結婚嗎？」

弗萊迪呼吸一窒，莫名提心吊膽起來。

「那時候你離開了，我卻連你的長相都不知道，我不想再那樣……唔。」

弗萊迪緊緊摟住他的腰，內心充滿愧疚和心疼。

「輕點！」蘇杞弦推了推對方的手臂。「你不在家裡的那段時間，我……什麼都沒辦法做。直到你回來，我、我才能專心練琴……」

並不是無法獨立生活，但只要弗萊迪在身邊，就讓他感覺非常安全，有勇氣面對各種挑戰。因為蘇杞弦知道，即使看不見前方的路，他也不用害怕踩空，就算真的摔倒，也有人會扶他起來，對他敞開懷抱，隨時為他阻擋來自這世界的傷害。當下他就決定要結婚了，除了用法律拴住對方，還為了堵住眾人的嘴。

「杞弦……」

「所以說，我能重回舞台，其實要感謝你。」蘇杞弦故作強硬地說：「以後不管我去哪裡，你都要跟著，知道嗎！」

沒想到會聽到蘇杞弦這麼說，弗萊迪沉默片刻，「你在哪裡，我就在哪裡。我的小星星。」

對他而言，蘇杞弦的存在就像照亮人生的發光體，總是高高懸掛在黑暗中，指引他回家。雖然他害蘇杞弦失明，但對方卻讓他的世界從此有了色彩。

蘇杞弦有點不好意思，「反正你已經簽下賣身契，不能後悔了。」

弗萊迪心想，這大概是他人生中最不後悔的一件事。他撥開蘇杞弦的長髮，親吻他的側頸，對方轉過身來和他接吻。溫柔的吻逐漸變得深入，蘇杞弦柔順地分開唇瓣，舌頭相抵時有種彷彿靈魂相觸的戰慄感。

弗萊迪摸進對方睡衣，觸摸底下有些單薄的身體，蘇杞弦發出細微的哼聲，任憑另個男人揉捏自己。

「要做嗎？」弗萊迪低聲問。

「不要，好累……」

弗萊迪也不急於一時，畢竟這男人一輩子都是自己的。他拉好蘇杞弦的衣服，替對方蓋好被子，在他額上一吻。

「晚安，我的大明星。」

雖然身體慾望沒有被滿足，但兩人摟在一起，內心都十分喜悅平靜。蘇杞弦閉眼微笑，「晚安……親愛的。」

演出結束後，蘇杞弦和弗萊迪又在巴黎多留了五天。前兩天他們幾乎都在床上度過，剩下最後三天的時候，蘇杞弦驚覺這樣實在太浪費了，就拉著弗萊迪出門觀光。這是他第二次來法國，之前他在德國念書時曾經來過一次，因此他自告奮勇當弗萊迪的嚮導。

不過說是嚮導，其實也只是說出地名讓弗萊迪帶他去而已。第一站兩人來到聞名遐邇的凱旋門，這個拿破崙為了紀念自己打敗俄奧聯軍而興建的拱門，是巴黎最著名的景點之一，每年法國國慶都會在此舉行閱兵大典。蘇杞弦一邊撫摸著城門，一邊向弗萊迪說明。雄偉壯麗，高達五十公尺的雪白大門就這樣矗立在路上，令弗萊迪感到十分震撼。今天天氣並不太好，但巴黎一年四季都是觀光客，到處都是人，絲毫不受天氣影響。當兩人正排隊等電梯上凱旋門頂端的時候，忽然有人用英文搭訕。

「請問你是蘇杞弦先生嗎？」

「是的。」蘇杞弦轉身，露出溫和的微笑。對方是一名行動不便的白人青年，他身後站著一個男人幫他推輪椅。

「你昨天的演出讓我非常感動，我剛剛在唱片行看到你的 CD 就買了，可以請你幫我簽名嗎？」

「當然可以。」

弗萊迪接過對方遞來的小本子，掏出一枝鋼筆交給蘇杞弦。蘇杞弦龍飛鳳舞地簽上名字，還給對方。

「你真的非常棒！」收到簽名的青年看了一眼弗萊迪後，語氣有點羞澀地開口，「還有，恭喜你們！」

「謝謝。」蘇杞弦的笑容更加燦爛，又分別跟他們握手，才轉身搭上電梯。

蘇杞弦現在出門已經不戴墨鏡了，在美國的時候就常有路人認出他來找他簽名，而昨天的表演又讓他名氣大增。看著蘇杞弦愉悅的臉，弗萊迪捏捏他的手，與有榮焉。

接下來他們去了香榭麗舍大道，這條世界聞名的街道兩旁的建築物十分典雅，名牌精品店一間連著一間。蘇杞弦即使看不見也買了不少新衣服，還讓商店幫忙把東西送回旅館。他們在要價不菲的露天咖啡館坐下休息，弗萊迪看著，蘇杞弦聽著，四周不同語言的交談聲、咖啡香氣、音樂聲，交織成一幅歐洲的午後光景。

「以前我還在德國念書的時候來過一次巴黎，那時候為了省錢，很多地方都沒進去。那時我就想，等我有錢的時候要再來一次。」蘇杞弦說：「只是沒想到，我已經看不到了。」

他有些惆悵，世界上還有很多他沒去過的地方，然而他卻已經無法親眼目睹那些宏偉的建築物或漂亮的風景。

弗萊迪捏了捏他的手。

「誰說的，你是個藝術家，怎麼可能看不到？」

蘇杞弦一愣。沒錯，誰說要「親眼所見」才算「看到」呢？儘管失去了視覺，他還有比一般人敏銳的聽覺、嗅覺、觸覺……再說，「想像力就是超能力」，身為音樂家，他最不缺乏的就是想像力和豐沛的情感了。

他豁然開朗，笑道：「沒錯。」

下一站他們去了連結香榭麗舍大道和左岸地區的亞歷山大三世橋，這座橋上的雕刻相當華麗，上面裝飾了許多天使、飛馬，而且有不少鍍金的部分。

許多遊客來到這裡都會停下來拍照。蘇杞弦忽然拉了拉他的手。

「我們也合照一張吧。」

「好。」

弗萊迪隨便抓了一個會講英文的年輕女觀光客，請她幫忙拍照。他們以華麗的大橋和塞納河為背景，弗萊迪摟著蘇杞弦的腰。

那女孩拍完照，看了一下照片說：「他眼睛閉起來了。」

他倆笑了起來。蘇杞弦告訴對方自己是盲人，那女孩不好意思地說要幫他們多拍幾張。

在按下快門的前一刻，弗萊迪低頭輕輕吻了他。

「哎呀！」女孩有些驚訝，隨即注意到兩人手上的戒指，「你們結婚了嗎？」

「上個月結的。」

蘇杞弦回答，一副想裝低調又忍不住炫耀的表情，嘴角有著掩不住的得意。女孩不禁笑起來，把相機還回弗萊迪時說了一句祝福的話。連續被兩個陌生人祝福，兩人都心情極好，牽著手繼續在巴黎漫步。

「你聽過蓋希文的《一個美國人在巴黎》嗎？嘟嘟嘟噹噹噹……」

太過興奮的蘇杞弦哼起輕快的旋律，路人看過來，見他們相連的手，望著弗萊迪的眼神充滿好笑和同情。

難怪人家說「隔行如隔山」，弗萊迪無奈地想，有種想裝作不認識他的衝動。

又在附近逛了逛，弗萊迪看得出蘇杞弦有點累了，兩個人就搭計程車回到旅館。吃飽後回到房間，蘇杞弦鬆口氣，讓弗萊迪幫自己脫下大衣。

由於正逢國際賽事，這段期間巴黎的旅館更是一房難求，幸好蘇杞弦是主辦單位邀請來的演出者，因此他們得以住在這間視野良好的三星級飯店。房間窗簾還沒拉上，他把蘇杞弦帶往床邊一整面的落地窗前，窗外就是巴黎璀璨的夜景。弗萊迪站在他身後，拉起蘇杞弦的雙手貼在玻璃上。

蘇杞弦感覺到玻璃冰冷的觸感、手背和身後熟悉的溫暖。戀人在他耳邊輕聲呢喃：「夜景很漂亮。」他一愣，又聽見弗萊迪續道：「有艾菲爾鐵塔、凱旋門，還有我們今天去的那條橋，燈都亮了。」

「亞歷山大三世橋。」蘇杞弦低聲回答，腦中忽然浮現一幅燦爛的巴黎夜景，在黑夜中有著光亮如星河的橋、打著燈光的凱旋門，和高聳散發出橘紅色光芒的鐵塔。他愣愣地扶窗站立，弗萊迪還在用他貧瘠的詞彙努力描述夜景，說來說去都是「很漂亮」。蘇杞弦微微一笑，從古至今歌頌巴黎的歌曲或詩篇不計其數，他卻覺得此刻弗萊迪在他耳邊說的最為動聽。

他忽然覺得不這麼遺憾了，之後不管去哪裡，雖然他看不見任何風景，卻有心愛的人陪在身邊，再也沒有比這個更完美的旅行了。

玻璃上映出蘇杞弦閉眼微笑的臉，安詳而愉悅。弗萊迪閉上嘴，抱住他的腰，把對方修長的身軀緊緊抱在懷裡，側頭親吻他的臉。蘇杞弦微微偏過臉迎向他的嘴唇，呼吸急促起來。

當一隻手探入上衣時，蘇杞弦忍不住埋怨一聲。

「累了，腿痠。」

「乖，我來就好，你扶著玻璃。」

弗萊迪伸手脫掉蘇杞弦褲子，往內褲裡面摸去。感覺對方用指尖輕輕碰了碰那難以啟齒的部位，長髮青年忍不住仰頭喘息。

「那邊……啊……！」

屁股一涼，感覺褲子被整個脫下，一個濕熱的東西接觸後庭。蘇杞弦下意識躲開，卻被弗萊迪抓住大腿固定。弗萊迪把他整個人壓在落地窗上，跪在地毯舔著戀人臀縫。

「別……還沒洗澡……」

「這裡好像變軟了。」弗萊迪舔了舔，將一根手指戳進去。

「啊！」蘇杞弦撅起被襯衫下襬半掩的臀部，不滿地哼著：「都是你……」

「對，可能被我操壞了。」

蘇杞弦一愣，不敢相信自己的耳朵。

「這樣也好，你就不能去找其他男人了。」

「什……啊、啊……輕點……唔！」

雖然知道蘇杞弦心中只有自己，見這麼多人向他示好仍令弗萊迪有些不是滋味。像在發洩占有慾，他用舌頭和指尖捅著被他調教得又軟又熱的小穴，逼迫蘇杞弦喘息顫抖，發出只有他能聽見淫靡聲音。隨著後穴被進出的動作，蘇杞弦屁股越翹越高，上半身都貼在玻璃上了。弗萊迪很快拿了潤滑液抹在下體，撞進蘇杞弦體內。

「嗯、啊……」驟然被撐開的觸感讓蘇杞弦眼前一白，似乎出現重影。

弗萊迪湊在前方男人的耳邊喘息，低啞地呢喃：「看到了嗎，巴黎的夜景？」

「嗯、嗯……輕點……別太快……唔！」

弗萊迪把手伸到前方，捏著蘇杞弦的乳頭，感覺緊緊包裹自己的熱肉頓時一陣收縮。

「看到了嗎？」

「啊、嗚……」蘇杞弦仰頭，承受後方男人強力的撞擊，好像不回答就不罷休一樣，不停往他體內頂著，一下比一下急。快感太過強勁，竟讓他有種眼前出現點點白光的錯覺。他想著弗萊迪為他描述的夜景，滿天星星與巴黎的璀璨燈火上下呼應，而他在丈夫的懷裡，彷彿快融化在他熱烈的愛情。

「看、看到了……啊、啊……！」

弗萊迪緊緊抱住蘇杞弦的腰，戀人趴在玻璃上的姿態比夜景更為吸引他。兩人交疊的心跳從行板變成快板，合而為一，呻吟交雜成動聽的和弦。

在巴黎浪漫的夜空下，當戀人炙熱的器官貫穿自己時，蘇杞弦耳邊彷彿又響起甜蜜又悠久的旋律，用各種語言歌頌著愛情。

番外二　Simple Gifts

風和日麗的早晨，某位當紅小鮮肉鋼琴家的心情卻不太美麗。

蘇杞弦今天起床氣有點大，被綁架兩次又失明的他極度缺乏安全感，出門時幾乎不單獨行動，就連在家也常常要確認弗萊迪的位置才能放心。每天早上，他都是在另一半的懷裡醒來，然而今天卻只摸到餘溫。

弗萊迪接完電話回到房間時，就看見他的丈夫一臉不高興地抱著枕頭。他嘴角微彎，坐在床邊，對方卻轉了個身背對他。

「怎麼了？」弗萊迪拍著黑髮青年的背，替他順平長髮。

「……你去哪裡了？」

「跟你的經紀人講電話，怕吵到你。」

「哼！」

負責替他接洽工作的露西現在相當忙碌，每天都會接到邀請蘇杞弦表演、訪談，甚至廣告代言的聯絡，和蘇杞弦討論過後，她會把行程寄給充當貼身助理的弗萊迪，讓他安排交通等。最近她和弗萊迪通電話的頻率越來越高，這讓蘇杞弦有點吃醋。新仇加舊恨，於是蘇杞弦臭著臉起床，吃早午餐的時候就鬧脾氣了。

「喂，傑森。」他吃了一口煎得鹹香的豬排，放下刀叉。

「……什麼事，寶貝？」

蘇杞弦在外人面前一直都是溫文儒雅的，只有在家裡會像個小孩一樣，把所有脾氣展現在弗萊迪面前，而弗萊迪也已經很明白要如何安撫他。第一招就是「以德報怨」。果然，聽到對方溫柔的語氣，蘇杞弦的不滿消滅不少，下一句話就有些底氣不足。

「不好吃。」

「怎麼不好吃？」弗萊迪溫和地問。

「太大塊了！」

蘇杞弦無理取鬧地說，像個吹毛求疵的惡婆婆。

弗萊迪有些無奈，不知道對方怎麼一起床又鬧彆扭了，難道是剛才作噩夢了嗎？

雖然不明就裡，弗萊迪還是把鬧脾氣的黑髮青年抱到大腿上哄著，拿起刀叉一塊一塊切好餵給對方吃，心裡默默想著：這年頭廚師還真不好當。

蘇杞弦被伺候著吃完早餐，怒氣值已經差不多只剩三十%了，他喜歡弗萊迪抱著他，失明之後，能接觸到另一個人的體溫、恣意觸摸對方，總是帶給他很大的慰藉。他在喝完果汁後，低聲埋怨道：「你是不是變心了，一大早就跟別的女人講電話！」

雖然是半撒嬌半開玩笑，講出口之後蘇杞弦竟莫名難過起來，臉上透出一絲委屈。弗萊迪頓時心疼了，對著懷裡的人又揉又哄。「我怕吵醒你，想讓你多睡一點，昨天那麼晚才睡……」

「是誰害的！」

弗萊迪彎起嘴角，平時冷峻的臉藏不住春風得意。他抱著蘇杞弦揉來揉去，又親又哄，想到對方身上的痕跡就暗自甜蜜。

「誰叫你這麼可愛，我忍不住。」

第二招「甜言蜜語」。為了哄他，弗萊迪已經被訓練成一個「巧言令色」的人了，不過這也只有在蘇杞弦面前，平時的他還是不多話的。

「怪我囉……」蘇杞弦嘀咕。

「別生氣了，下午還要去學校表演。小朋友們都很期待看到鋼琴王子，怎麼能臭著臉？」

「他們——都是盲人！」

「哈！」

弗萊迪忍不住笑出來。蘇杞弦氣憤地轉頭在他肩膀上一啃，嗑得牙齒發疼。

「這麼硬！連喪屍都討厭你！」

弗萊迪搔他側腰，沙啞和溫潤的笑聲在廚房迴響。

☆

今天蘇杞弦受邀到一間啟明學校進行演講和表演。雖然答應了邀約，其實他心裡有點排斥，也有點忐忑。但當他走進學校，腳下馬上就是導盲磚，每個樓梯都有扶手，建築物除了點字告示還有聲音按鈕唸出名稱，完善的無障礙空間讓他感覺格外輕鬆。弗萊迪也仔細觀察著，思考自己還有沒有什麼沒做到的地方。負責接待的老師先帶兩人參觀校園，走到體育館時，蘇杞弦竟聽見類似打球的聲音，弗萊迪也對眼前看到的景象十分震驚。

「他們在打網球。」

這座網球場偏小，網子也比較低，四周界定範圍的白線都埋了繩子，讓盲人可以用腳來感受自己的位置。學生使用的網球拍比普通球拍大，彈性球裡面包著響鈴，在球場裡的學生一來一往地打球，動作宛如明眼人一樣流暢。

蘇杞弦一臉躍躍欲試，他忍不住脫下西裝外套下場試玩，雖然只成功打到一兩個球，卻也十分開心。弗萊迪仔細拍了照，心想回家也來弄一個，說不定之後就多一項活動可以一起玩了。

蘇杞弦今天選了兩首自創曲跟莫札特的鋼琴奏鳴曲，最後用李斯特的《鐘》華麗作結。在掌聲中，蘇杞弦扶著鋼琴起立行禮，弗萊迪牽著他走到麥克風前，有點好奇蘇杞弦會說什麼。

蘇杞弦朝前方微笑點頭，開口：「大家好，我是蘇杞弦，非常感謝學校的邀請。也許你們有些人知道，我是前年才因為意外成為盲人的，突然失去視力讓我的生活遭遇巨大的改變，連一些簡單的小事都很難完成。還記得我曾經拿洗面乳刷牙，甚至在自己家裡也會絆倒……

「但是現在我認為我是個幸運的人，我還能繼續彈鋼琴，而且體驗到之前沒注意到的很多事情。我想我成長了不少，而且因為失明，我遇到了我的丈夫，我很感謝他……」

眼看底下校長及老師們的表情有點奇怪，弗萊迪低低咳嗽一聲。

蘇杞弦停頓片刻，不疾不徐地繼續說道：「我把失明當成是跟上帝玩交換禮物，雖然失去了重要的視力，但祂一定會在某個時候回送給你一個禮物（註一）。也許你已經得到了，或是還沒發現，總之，要相信自己有無限可能，期待將來大家都能發現自己的天賦，找到真愛。謝謝大家。」

掌聲響起，卻有些稀稀落落。蘇杞弦正納悶，就聽見一個稚嫩的聲音。

「我什麼時候會收到禮物？」

蘇杞弦半開玩笑地回答：「也許聖誕節吧？」

另一個小孩也站起來，「上帝送我的禮物就是洋娃娃！」

「那不是你爸送你的嗎？」

「那可能是上帝叫我爸爸買的！」

「蘇先生，你可以教我鋼琴嗎？我媽媽說我唱歌很好聽。」一名小男孩站起來，忽然開始唱著：「*Amazing grace how sweet the sound……*」

接下來有更多小朋友站起來發表意見或才藝，老師們連忙安撫學生，一片混亂中，蘇杞弦微笑著說：「是的，我想你們很多人都找到自己的禮物了。」

之後還有一些互動時間，弗萊迪總覺得今天蘇杞弦看起來很放鬆，就連小孩伸手摸他的臉時，他雖然皺著眉，卻沒有推開他們。

小孩們圍繞在鋼琴旁邊，一個女孩在聽完蘇杞弦創作的《草原上的白兔》之後問：「什麼是白色？」

蘇杞弦想了想，「大概是棉花一樣的觸感，像是……剛曬乾的棉被？」

眾人停頓片刻，都在想像同樣的東西。

「那……藍色呢？」

這次蘇杞弦彈了一段《展覽會之畫》的主題，每次聽到這段音樂，他都會想到一座宏偉的城門矗立在晴朗的藍天之下，就像他之前和弗萊迪一起去看的凱旋門。彈完之後，他的小聽眾們都露出敬畏的表情。

「藍色啊……」

「原來是這種感覺……」

「好像很莊嚴……」

「我也要彈！」

一個小女孩爬上鋼琴椅，蘇杞弦還來不及阻止，就感覺一個溫熱沉重的東西坐在自己腿上，他的臉色頓時變得很詭異，像是想要推開又不敢。在一旁的老師連忙過來，想把學生抱下來，那女孩卻抓著蘇杞弦的衣服不放，弗萊迪溫柔注視鋼琴前的男人，姿勢僵硬像是抱著一個炸彈一樣，心中滿溢對他的憐愛，難以言喻。

好不容易結束了啟明學校的參訪，蘇杞弦在回程的車上不停抱怨著「最討厭小孩了」、「有沒有把我的衣服弄髒」、「竟然隨便摸我」，但事實上他在離開前捐了一大筆錢給學校，甚至答應要邀請其他音樂家朋友過來表演。

弗萊迪早就習慣了，隨口應付著，他的小盲貓就是這樣，嘴硬得很，卻比誰都還要心軟善良。在停紅燈的時候弗萊迪伸手握了下對方的手，「你很受小孩子歡迎。」

「我才不想受他們歡迎……」嘴上這麼回答，蘇杞弦卻有些得意。

「你的演講內容也很棒，我看大家都很感動。」

蘇杞弦立即揚起笑容，熱切地說：「真的嗎？我本來想講〈夜鶯與玫瑰〉這個故事的，一隻鳥用自己的鮮血換取愛情的故事，但是我怕太殘忍了。回去我們一起看吧，你還記得上次唸的那本詩集嗎？作者是同一個人……」

喔，我真討厭那本無病呻吟的詩集！弗萊迪心想，收回手繼續開車。一邊盤算著怎麼讓蘇杞弦忘記那個娘娘腔詩人，一邊開往他們共同的家。

註一：禮物（gift），也有天分、天賦的意思。

番外三　日常三首

一

蘇杞弦受邀擔任一名大提琴家的伴奏錄製新 CD，對方是相當有名的旅美華人音樂家，六歲就開始公開演出，甚至曾在白宮為總統夫婦演奏，並多次獲得葛萊美獎。蘇杞弦小時候就聽過他的名字，也非常喜歡他自由奔放又蘊含豐富情感的風格。

他們錄製了一些膾炙人口的小品。練習及錄音過程中，對方對同樣是華人的他十分親切，雖然無法親眼看到本人，蘇杞弦仍然非常興奮，能為自己喜歡的音樂家擔任伴奏，開心的程度大概就像用三倍速來彈奏《小狗圓舞曲》那樣吧。

雖說是伴奏，鋼琴也扮演了相當重要的角色，比如像蓋希文《三首前奏曲》之類輕快的曲子，改編成大提琴版後就像兩種樂器輪流唱和，需要良好的默契配合。因為蘇杞弦看不到，他事先請對方演奏過一遍，將大致的強弱速度記在腦中，對彼此的詮釋加以討論後才開始合奏。

無論是練習或正式錄製的過程中，蘇杞弦都覺得非常享受。樂譜上的休止符就像呼吸，拍子如同心跳，完美的合奏會令人彷彿進入一種心靈相通的境界，和諧而美妙。在結束這個工作後，蘇杞弦仍沉浸其中難以自拔，連續幾天在家都反覆彈著合奏過的曲目，回味無窮。

弗萊迪覺得非常不是滋味，不知道那個看起來快禿頂又戴眼鏡的歐吉桑哪裡好？弗萊迪承認對方的確非常有名，連不聽古典音樂的自己也知道他的名字，但這應該是因為大提琴手的名字跟溜溜球一樣，非常好記的緣故，才不是因為他特別優秀。

弗萊迪無法參與那個優雅而複雜的古典音樂世界，被蘇杞弦忽視了好幾天，一股悶氣無處發，於是上網買了一個沙袋吊在門廊，打得砰砰作響。

突兀的聲音打斷樂曲，蘇杞弦停下彈奏走過來，打開客廳窗戶伸出手。

「什麼聲音？你在幹什麼？」

看到他那模樣弗萊迪莫名心軟，氣都沒了，他用拳擊手套輕輕觸碰蘇杞弦的手指。

「對不起，吵到你了？我在運動。」

蘇杞弦捏了捏比手型寬大許多的手套，「這是什麼？棒球手套？」

「是拳擊手套，我在打沙包。」

黑髮男人興味盎然地繞到門口，弗萊迪連忙阻止他。季節剛邁入初夏，氣溫二十度左右，雖然弗萊迪自己只穿了件薄長袖，但蘇杞弦自從上次生了場大病後身體就不太好。弗萊迪從沙發抓了條披肩把蘇杞弦包緊後才放他出門。

蘇杞弦摸了摸沙包，一臉好奇。

「給我試試看。」

「不行，你的手會受傷。」

「我有這麼沒用嗎？」

弗萊迪無奈地替他那雙纖細修長，連指尖都修剪得十分整齊的手戴上手套。

「嗯……手套裡都是汗！」

「就叫你不要戴了。」

蘇杞弦動了動包覆在海綿內墊中的手指，四指相連的觸感十分有趣。弗萊迪牽引他的手到沙袋的位置，然後扶好。

「小心點，太大力可能會傷到手腕。」

蘇杞弦嘗試搥了兩下。從小到大從來沒揍過人的他姿勢相當彆扭，且力道之弱，對弗萊迪而言就像小貓在撓一樣。他忍不住放緩表情，看到蘇杞弦笨拙的樣子令他心理平衡不少。

替對方解下手套時，他忽然問：「我現在開始學大提琴來得及嗎？」

「來得及啊！你喜歡大提琴？」蘇杞弦一愣，猜想弗萊迪是聽到那名音樂家的演奏大為感動？他有些意外，又莫名嫉妒，難道自己的演奏不吸引人嗎？怎麼沒聽他主動說過要學鋼琴或小提琴。

「鋼琴或小提琴不好嗎？我可以教你啊……」

「沒什麼不好，但是我看『你』很喜歡大提琴。」

聽出弗萊迪平淡語氣中隱藏的酸意，蘇杞弦茫然片刻然後笑起來，往他身上湊。

「不准學大提琴，只能抱我。」

回想起演奏大提琴的姿勢，弗萊迪笑了，他把拳擊手套扔到一旁，用扛沙袋的姿勢把戀人扛回屋內。他的小盲貓在肩上掙扎著，被披肩裹成軟軟一團，發出清脆的笑聲搥打弗萊迪的背。

弗萊迪頓時滿足了，即使他不會音樂，也能讓蘇杞弦發出最美妙的聲音。

二

發生之前那些事情後，他們在路易的幫忙下，搬到距離五百公里外的鄰州。新家位於寧靜的郊區，同樣是一棟兩層的小別墅，前後方都有一大片草皮。夏天到了，蘇杞弦可以感覺風的溫度變暖，照在身上的光線日漸灼熱，

某天，蘇杞弦在練琴時聽到一陣非常大的噪音從外面傳來。巨大的馬達聲讓他無法繼續彈琴，同時一陣濃郁的青草味隨風飄入。蘇杞弦順著巧拼墊走出門，穿上室外拖鞋。

一名高壯的男人只穿了一件短褲在推除草機，露出被汗水浸得晶亮的小麥色肌膚，肌肉精實，若是附近住了妙齡少女，恐怕會忍不住朝他唱「Call me maybe」。弗萊迪注意到蘇杞弦出現在門口，就關掉除草機走過來。

「怎麼了？」

蘇杞弦伸手摸他，摸到一手的汗，故作厭惡地「噁」了一聲。弗萊迪發出輕笑，抓著蘇杞弦的手按在自己的胸肌上，兩人玩鬧了一下。

「你在除草？」

「對。」

「要是安娜在，一定會說家裡果然需要一個男人。」

兩人回想起那名熱情的婦人，同時笑出來，可惜因為新家過於遙遠，安娜就不再過來幫忙家務，只是偶爾會來作客。蘇杞弦偏了偏頭，說：「讓我試試！」

「你用過除草機嗎？」

弗萊迪忍不住打量他，由於室內有空調，蘇杞弦還是穿著長袖襯衫和長褲，只是換成比較輕薄的布料，柔軟地覆蓋著纖瘦的身體，黑髮綁成馬尾，看起來就是個有錢人家小少爺的模樣，他敢打賭蘇杞弦失明前也一定不曾自己除過草。果然——

「沒啊，台灣人家裡沒有這種東西。來美國後，我都是請人來幫忙的，像是鄰居的小孩。」

「喔……」

弗萊迪認命地彎下腰，替蘇杞弦把褲管捲高。

「來。」

他把蘇杞弦抱下樓梯，牽著他走到草皮。看來草真的長得有點高了，腳踝傳來癢癢刺刺的觸感，蘇杞弦覺得很有趣。弗萊迪拉動引擎，將蘇杞弦的手放在橫桿上，自己站在身後和他一起推。他聞著對方身上清新的味道，有些心猿意馬起來。

蘇杞弦綁著馬尾，露出一截白皙的脖子，他忍不住低頭湊過去。

脖子忽然一麻，蘇杞弦嚇了一跳：「喂！」

身後的男人竟然還不離開，沿著他耳朵下方輕輕吻著，甚至騰出一手揉捏他的胸口，一手仍穩穩地推動除草機，手臂繃緊的肌肉線條分明。

蘇杞弦悶哼一聲，怒道：「你怎麼這樣，我、我自己推！」

他原本以為很容易，沒想到弗萊迪放手之後，才真切體會到除草機沉重的重量，他推得十分吃力，沒多久就氣喘吁吁，像隻老牛推車一樣。弗萊迪沒發出聲音地笑了笑，眼神充滿寵溺，他關上轟轟作響的除草機，世界一下變得清靜。

「休息一下吧。」

他把蘇杞弦抱到屋簷下的長椅上，又拿了兩瓶飲料出來，兩個人並肩坐下休息。

出了一身汗，外頭的風吹過來，讓蘇杞弦有些昏昏欲睡，他倚在弗萊迪肩上，感覺熟悉的大手在他身上移動。

「別鬧了。」

然而對方側頭吻他，又把手伸進他單薄的襯衫裡捏他乳頭。蘇杞弦從來沒做過這麼大膽的事，緊張極了，卻無法抵擋酥麻的快感遊走全身，身體已經記住被對方疼愛時的歡愉，輕易就被撩起火來。見蘇杞弦軟軟地靠在自己懷裡，微微輕喘著，弗萊迪忍不住沾了些唾液，把手伸進蘇杞弦內褲中。

「唔！」

蘇杞弦一驚，扭著屁股想躲開，沒想到對方卻趁隙而入。雖然與鄰居距離都很遠，但他還是害怕會被人看見，靠在弗萊迪懷裡不敢有大動作，只感覺對方的手指在體內翻攪著，熟門熟路地按壓他舒服的地方。

「別、弗萊迪……」

弗萊迪低頭吻他，手指穿刺的動作更劇烈，沒多久蘇杞弦的後穴已經被弄得濕軟，炙熱而緊密地包裹著侵入者。弗萊迪已經迫不及待想把自己飽脹到要刺破褲襠的慾望放進去，雖然一開門就能回到家裡，但他忽然有個瘋狂的想法。

「杞弦，我們能不能在外面……」

蘇杞弦臉上紅暈遍在，沒有回答。

「我想好好看看你，在陽光下跟你做。」弗萊迪一邊哄著，手指一邊在他體內進出，讓蘇杞弦的喘息更為急切，「這裡沒有人，我們到樹下那邊好不好，不會有人看到的。」

兩人現在完全是「精蟲上腦，膽子我有」。蘇杞弦被揉弄到點了頭，得到許可後，弗萊迪把他抱到大腿上，要他夾緊自己的腰，然後托著他的屁股站起身來。

「唔！」

身體忽然懸空，蘇杞弦嚇得抱緊他的脖子，全身重量都在對方身上。他的雙腿緊緊夾住對方的腰，像個小孩攀在大人身上。弗萊迪穩穩抱著蘇杞弦來到大樹下，讓蘇杞弦背靠樹幹。對方的重量對他而言根本不痛不癢，他甚至還能騰出一隻手拉下兩人的褲子，將自己勃起到極限的器官對準那濕滑的小穴插入。

「嗯！」

蘇杞弦攀著弗萊迪的脖子，全身重量都靠腰部相連的地方支撐，無法避免地被對方一捅到底。感覺那粗大的器官忽然擠進體內，就像後面被塞了根熱熱的棒子，他咽嗚一聲，努力呼吸，減少不適感。

「難受……」

「唔。」

弗萊迪親吻他，穩穩托著他臀部。

「不要怕，不會掉下去。」

戀人低啞的聲音在耳邊呢喃，背後隱約感覺到粗糙的樹皮觸感，透過上衣傳來。蘇杞弦四肢緊緊纏著對方，既興奮又害怕。

「還是回屋裡去吧？」

「寶貝，忍耐一下。」

弗萊迪決定不給他反悔的機會，腰部一挺，用力抽插起來。蘇杞弦低呼一聲，隨即緊緊抿住嘴唇，滿臉通紅。每次撞擊那粗長的男根都會深深埋入他體內，觸碰那難以言喻的敏感點。

「不要、不要了……嗚……」

「寶貝，杞弦……」

他的雙腳離地，掛在弗萊迪腰上，臀部不由自主地隨著撞擊前後擺動，每一下都進到深處，因為重力無法控制地迎合對方。

看著如今已經是國際知名鋼琴家的丈夫攀在自己身上，被自己頂出淫蕩又無助的模樣，弗萊迪的陽物又壯大幾分，精神抖擻地加快速度。

兩人都十分興奮，又很刺激，強烈的快感一陣陣襲來，直擊腦部，令蘇杞弦有些難以承受，他抿著嘴不停咽嗚求饒。

「老公，嗚……弗萊迪……」

「乖，親愛的，你好棒。」弗萊迪的吻不停落在臉上。

見平時驕縱的戀人緊緊摟著他，露出一臉委屈忍耐的模樣，卻又眼角含媚，拉長哀怨的聲音像在撒嬌，弗萊迪興奮得無法思考，只是拚命擺動腰部，像隻發情的野獸一樣和他在樹下交合。沒多久，蘇杞弦就被他頂得射了出來，高潮時張嘴咬住弗萊迪的肩膀，拚命忍住想大叫的衝動，小穴不停抽搐收縮著。弗萊迪也被他夾得射出來，溫熱的體液順著蘇杞弦的大腿內側滴下草地。

他把有些暈眩無力的蘇杞弦抱回屋內，壓在餐桌上又來了一遍。

「杞弦、杞弦……我的寶貝……」

弗萊迪脫掉蘇杞弦的衣服，著魔似地啃咬他的身體，聞著對方淫靡又混著青草清香的氣息。蘇杞弦手腳痠軟，累得連大腿都闔不上了，只能躺在木頭餐桌上哼哼唧唧，任憑對方瘋狗般折騰自己。

在他失去意識之前，蘇杞弦暈呼呼地想：說好的除草呢？

三

外頭零下十度，枯枝上堆著白雪，屋裡的氣氛卻是溫暖和煦。

兩個男人坐在餐桌旁包水餃，蘇杞弦瞎捏著水餃皮，手掌傳來冰冰涼涼又柔軟的觸感。弗萊迪則是偷偷撿起那些造型慘不忍睹的水餃，一個個修補邊緣，至少調整到下鍋後不會散掉的形狀。桌子的另一邊，放著整整齊齊彷彿軍人排隊一樣的白嫩餃子。這是他們搬家後的第一個農曆新年。

弗萊迪還記得去年這時候，蘇杞弦在黑暗中摸著他留下的小卡片，孤獨無助的樣子，於是他們決定今年要熱熱鬧鬧地過，便邀請了一些朋友前來聚會。

首先抵達的三名年輕男女是蘇杞弦的音樂家朋友。弗萊迪暗自打量他們，名叫羅杰的褐髮青年帶了一瓶氣泡酒做為禮物，同為鋼琴家的鄭亞諾帶了一盒比利時巧克力，身高一百五十五公分的她努力抬著臉仰望弗萊迪；而一進門就用中文和蘇杞弦聊起來的林奧則是……帶了兩把小提琴？

「送給我的？」蘇杞弦已經洗好手，故意對這名有選擇困難症的同鄉笑道。

「別開玩笑了，我這次要演奏《梁祝》，你幫我看看選哪把小提琴比較好……？」

「嘿！借我彈彈你的 FAZIOLI！」唯一的女性歡快地喊。

弗萊迪有點錯愕地望著這群青年才俊直奔琴房，像進入糖果屋的小孩一樣搬出樂器敲敲打打，只有羅杰乖乖坐在客廳，看起來年紀最小卻最有禮貌。

「你好，我叫羅杰，來自美國。」他和弗萊迪握手，「林奧跟蘇都是台灣人，亞諾是韓裔法國人。」

「你好，我是弗萊迪。」他努力找話題，「呃，你們都是音樂家？」

「對，我演奏大提琴。」羅杰溫和一笑。

「大提琴。之前杞弦跟一個大提琴家合作，錄了張 CD……」

「我知道，非常期待 CD 上市。」說完，羅杰竟開啟了一個非常親民的話題，「對了，今天晚餐吃什麼？需要幫忙嗎？」

「你會做菜？」弗萊迪訝異地反問，還沒聽到回答，又有車駛入庭院。

「安迪他們來了！」蘇杞弦從琴房朝他喊。

「你聽得出來？」鄭亞諾好奇地走到客廳朝外望。

「他們開的是餐車，引擎聲不一樣啊！」

林奧用中文嘀咕「這聽力簡直逆天了」。弗萊迪開門，果然見到兩位「從良」的小弟，他們在弗萊迪的贊助和指導下，現在正開著餐車在公園及停車場販賣韓式炸雞，頗受好評。

兩人一進來就帶著一股油煙味，還提著一袋東西。望著屋內幾位和蘇杞弦有相同氣質的客人，有些膽怯。

「大哥、蘇先生，我們去把菜領回來了。」

「這是安迪和馬克，他們在公園擺攤賣韓式炸雞。」蘇杞弦接過賣剩的商品，和其他客人在客廳瓜分起來，「好香啊！」

「好吃，你們在哪賣啊……對了，你知道○光香香雞又漲價了嗎？」林奧邊吃邊跟蘇杞弦用中文聊起來。

兩個小弟和羅杰來到廚房幫忙準備晚餐，沒多久火鍋、水餃、飯店訂的螃蟹油飯就放上餐桌，為了符合西方人口味，弗萊迪還準備了烤豬肋排和麵包。

一群年輕人圍在桌前吃年夜飯。蘇杞弦自然無法親手撈火鍋料，都是由管家兼丈夫的弗萊迪替他張羅。

其他客人不由得注視著這名身量高大的男人無微不至地照顧蘇杞弦。蘇杞弦用的碗有把手，下面墊著隔熱墊，連沙茶醬都替他拌好了；不等他開口，弗萊迪就接二連三把他喜歡的食物放進碗裡，難處理的螃蟹剔出肉來，油飯還加了點台式甜辣醬。蘇杞弦半睜著眼，動作流暢地享受食物。

「沙茶醬！竟然有沙茶醬！」林奧驚呼，加了一大匙到碗裡，吃得津津有味。

「弗萊迪特地去中國城買的，還有水餃，是我們一起包的。」

得意洋洋的盲人看不見客人們扭曲的表情，他們默默選了那些形狀正常的餃子，用佩服的眼神望著弗萊迪把那些看起來像長歪的餛飩的東西掃進自己碗內。

「你的手藝……就跟唱歌差不多。」林奧語重心長地說：「老兄，你還是繼續彈鋼琴吧。」

「你說什麼？」

「你包的很好吃，大小剛好，非常成功。」弗萊迪連忙插口。

「真的嗎？」蘇杞弦頓時高興了。弗萊迪冷冷瞥了那名台灣青年一眼，林奧一驚，乖乖閉上嘴。

飯後，弗萊迪和兩個小弟在廚房收拾，一邊談論餐車生意；由於蘇杞弦能做的活動不多，一般朋友聚會常做的事如打牌、看影片，蘇杞弦都不能做，於是鄭亞諾提出一個點子。安迪等人原本以為他們會玩像是「猜音樂或作曲家」之類高端大氣的遊戲，沒想到鄭亞諾提議的卻是「真心話大冒險」。

於是幾個當紅音樂家圍在一起，一邊喝酒吃零食，一邊輪流問問題。客人們十分好奇蘇杞弦失明和綁架的經歷，因為那段時間蘇杞弦封閉自己，拒絕了所有朋友探望，如今他們終於聽到當事人親口敘述的版本，紛紛表達遲來的關心之意。

「沒關係，我現在工作還不少，其實過得挺開心的。而且……」蘇杞弦聽著廚房的動靜，確定弗萊迪不在旁邊後才急忙小聲道：「他對我很好。」

「……你不用這麼小聲，我們都看得出來。」林奧對著盲人翻了個白眼。

「他是個好伴侶。」羅杰贊同。鄭亞諾則默默地想起自己的前未婚夫。

「但是、但是他管很多！」像要平衡報導，蘇杞弦低聲抱怨。

「哎呀，我要拿墨鏡出來了！」

「就是啊，這裡怎麼這麼亮，我要瞎了！」

蘇杞弦一愣，然後跟著大家笑起來。之後話題又回到林奧的男朋友和小提琴上。馬克和安迪幫忙收拾完畢後就離開，蘇杞弦的朋友們則在二樓客房過夜；弗萊迪平時不讓蘇杞弦熬夜，今天已超過他平常的睡覺時間，一見蘇杞弦打呵欠就拉著他回房休息。

「晚安！」

「新年快樂！」

「Bonne année！」

他們用中文、英文、法文互相道賀。兩人換好睡衣躺在床上，蘇杞弦靠在熟悉的懷抱裡，想到朋友們對弗萊迪的評價，心情甜蜜。

「好久沒這麼熱鬧了。」

「你可以常常邀請他們來。」

弗萊迪親了親蘇杞弦的頭頂，心想只要他開心就好。

「怎麼可能？尤其是羅杰，他應該是我們之中最忙的，現在還在大學教書。」

「真的？他看起來很年輕。」

兩人在被窩中閒聊，快要睡著之際，手機忽然響起，蘇杞弦一臉不悅地問。

「誰啊？」

「……你母親，要接嗎？」

「……」

蘇杞弦接過電話，用中文和他正在希臘度假的母親寒暄。在他重回舞台並打響名聲之後，他母親主動打電話來，並出席了他們的婚禮。現在蘇杞弦和母親偶爾會聯絡，卻發現實在沒什麼話題好聊。

互道新年快樂後，又說了兩句近況，就在尷尬冷場中結束通話。蘇杞弦把手機交給弗萊迪，掛上電話後感覺更累了。

弗萊迪放好手機，重新躺回床上，就聽蘇杞弦低聲開口。

「你想念你的母親嗎？」

「……你是三十年來第一個問我這問題的人。」

「真的？」

弗萊迪用寬大的手掌緩緩撫著戀人後背，「她不是個盡責的母親……但是，結婚的那天，我的確很希望她能看到。」

蘇杞弦久久沒有回答，一時之間只剩兩人的呼吸聲。弗萊迪原本以為他睡著了，卻聽到黑暗中傳來小小的啜泣聲，弗萊迪好笑又心疼地摸向對方的臉。

「杞弦……」

「她有看到，她一定有看到……」

弗萊迪的話莫名觸動蘇杞弦，他有些羞愧，到了這年紀依然暗自埋怨父母的不關心，他應該慶幸自己父母健在，至少現在還能跟他們說上話。

弗萊迪溫柔地安撫他，也有些感嘆。蘇杞弦恰到好處地補滿自己因現實壓迫而變得麻木的情感，內心冰冷高築的牆，也彷彿在他的淚水下融化，胸口一片溫熱。

「我愛你。」弗萊迪低聲開口，蘇杞弦咽嗚一聲把鼻水抹在對方睡衣上。他害這名有著大好前程的青年失去光明，蘇杞弦卻讓他的世界有了色彩。而弗萊迪會用自己的下半輩子好好補償、疼愛這個多愁善感的小盲貓。

「別哭了，」弗萊迪用怪腔怪調的中文說：「不雞利。」

蘇杞弦呆愣片刻後笑著糾正：「是『吉利』。」

「嗯，快睡，明天還要搭飛機去台灣……」

「對！」

想到多年未回的故鄉，蘇杞弦不禁破涕為笑。見他恢復笑容，弗萊迪暗自鬆口氣，抽了面紙給他擦臉擤鼻涕。兩人靜靜相擁，在黑暗中迎來農曆新年。

至於蘇杞弦帶著高頭大馬的丈夫「回娘家」拜年，這又是另一個故事了。

番外四　夢幻曲

隨著名氣漸響，蘇杞弦的演出邀約接連不斷，他和弗萊迪走過的地方也越來越多，除了古典音樂盛行的歐洲國家，更有一些之前不曾想過的地方。在他三十歲那一年，蘇杞弦接到一個委託，是一群台灣大學生在非洲肯亞的孤兒院當義工，他們邀請了蘇杞弦及一些台灣藝術家，希望他們能過去為小朋友們演奏。

然而，邀請者後知後覺地發現那附近方圓幾百公里都找不到一台鋼琴，所以蘇杞弦後來決定表演小提琴，他還向唱片公司要來好幾張專輯當成禮物發送。但在快要啟程之前，卻收到當地爆發傳染病的消息。

「怎麼辦？」

弗萊迪很想叫蘇杞弦直接取消，卻回答：「還是先延期看看？」

「我看就直接取消吧，我們把 CD 寄過去就好了。」經紀人露西說。蘇杞弦現在檔期很滿，加上這幾年做的慈善表演不少，其實也不差這一次。

「嗯，這是個好辦法。」弗萊迪連忙附和。

蘇杞弦有些猶豫。他還挺好奇非洲人對他創作的「動物系列」接受度如何；在他失明之前，也一直很想去保護區看看各種野生動物，但最主要還是志工團體寫給他的信，上面生動描述了孩子們的困境及生活。蘇杞弦除了想幫助同鄉的學生，另一方面也覺得這個活動非常有意義。

考慮過後，他還是決定前往，只是將行程縮短。他們打了疫苗，帶了瘧疾藥，然後在肯亞度過了非常難忘的幾天。無論是充滿塵土的風、炙熱到全身水分都要蒸發的天氣，或是搭配蛙鳴鳥叫吃著寡淡的食物，兩人都覺得大開眼界。

他和弗萊迪在孤兒院停留了兩天，除了表演之外，小朋友們也分享了幾首當地的歌曲，蘇杞弦只要聽一次就能用小提琴演奏出來，還加入不少花式伴奏，讓孤兒院的兒童們都傻了眼，不停追問他是不是非洲人，逗得蘇杞弦哈哈大笑。

但在回國之後，蘇杞弦卻病倒了。

一開始弗萊迪以為他只是因為長途旅行的疲倦造成，直到非洲國家陸續出現因為病毒感染而死的案例，他才恐慌起來。弗萊迪立即聯絡路易，那名財團小開幫忙把蘇杞弦送到專門的醫院做檢查，不幸地驗出病毒感染。

接下來就是發燒、嘔吐腹瀉，甚至不明原因出血。弗萊迪每天陪在醫院，看著蘇杞弦病情一直沒有好轉，身體一天比一天虛弱，他也急得夜不成眠。他不信任何宗教，此時卻恨不得去任何廟宇、清真寺哪裡都好，只要能讓蘇杞弦痊癒，不管要他賣靈魂還是賣器官他都不會猶豫。

蘇杞弦再次遊走在死亡邊緣，弗萊迪幾乎二十四小時都在隔離病房陪著他，只有在快被擔憂壓倒時會出去走走，強迫自己忘記這疾病高達五十%以上的致死率。眼見伴侶受病情痛苦折磨，弗萊迪喪氣時甚至會想，為什麼他沒被傳染，也許一起走了還比較輕鬆。

那段期間他彷彿行屍走肉，路易說他就像一台家政機器人，喪失所有感情和對話能力，只是機械性地照顧蘇杞弦。事實上，如果他不壓下自己的情緒，恐怕隨時都要崩潰。恍惚中，他偶然聽見護士們談論最近醫院發生的怪事。據說是半夜時，空無一人的大廳會響起鋼琴聲，卻看不到任何演奏者。

某天深夜，弗萊迪因為蘇杞弦白天清醒時說要立遺囑而睡不著，來到走廊散步。他隱約聽到一陣琴聲，想起之前聽到的傳聞，便來到一樓。漆黑的大廳角落放著一台三角鋼琴，此時正發出清脆的樂音，在空洞的大廳中迴響，悠揚又帶點詭異。

弗萊迪看到一團白光在鋼琴前面，麻木的心竟也不害怕，只是走向那一團光體。鋼琴前的白影是一個黑髮少年，看起來約十三、四歲，巴掌大的臉，五官相當眼熟……弗萊迪彷彿遭受雷擊。

「不，不……！」他語無倫次，「別這麼對我……不……杞弦……」

鋼琴聲戛然而止，半透明的短髮少年抬頭，好奇地看著他。

「杞弦……杞弦……」

熱淚湧上眼眶，很快匯集成細流滴下臉頰，弗萊迪眨著模糊的視線。這眉眼，明顯就是他躺在病床上的丈夫。

「你怎麼了?你認識我?」

那「鬼魂」竟能跟他對話，英文還有些生澀。少年坐在琴椅上仰望他，稚嫩的臉表情迷惑。弗萊迪忍不住伸出手，卻在即將要觸碰到少年的瞬間，對方消失了。大廳像是忽然熄滅了燈火，一片黑暗，只剩下孤單的黑白鍵盤。弗萊迪沉默了三秒，突然連滾帶爬地衝上六樓病房，連電梯都不搭。值班的護士皺眉跟在身後，想叫他別在走廊奔跑，又怕是有急事，跟著他衝進那名 VIP 病患的隔離病房中。

弗萊迪不停喘氣，死死盯著病床上沉睡的蘇杞弦。

「怎麼了?一切正常啊!」小護士抱怨了一聲。

弗萊迪掏出口罩戴上，走近蘇杞弦，見對方呼吸平穩，才稍微放下心來。

後來，他又在深夜的大廳見到正在彈鋼琴的「少年蘇杞弦」，這次對方的身形比第一次「長大」了些，約有十七、八歲的模樣，他彈了一首舒伯特的《聖母頌》，優美的旋律如行雲流水，在寂靜的夜裡聽起來格外祥和。確認過病床上的蘇杞弦沒事，弗萊迪也就放心留在大廳，望著「他」的眼神充滿憐愛和憂傷。

他嘗試打探：「杞弦，你現在在哪裡？」

「我到德國念書啦。」自帶白光的黑髮少年回答，大眼睛好奇地打量他，「你是誰？怎麼認識我？」

那模樣十分乖巧，弗萊迪不由得放柔聲音。

「我知道你是誰，你叫蘇杞弦，喜歡吃冰淇淋和辣的東西。將來會成為一個很棒的鋼琴家。」

「真的？」

即使身影有些模糊不清，仍能看出那雙深褐色的眼睛依然明亮有神，令弗萊迪捨不得移開視線。

「對。」

「你是誰啊？」

「我叫弗萊迪……是你的丈夫。」

「什麼！」少年蘇杞弦錯愕，「我又不認識你！」

「沒關係，以後會認識的。」

弗萊迪看著「他」低頭，原本什麼都沒有的左手無名指竟出現一枚戒指，黑髮少年一臉不可思議地抬起手，對著微弱的燈光觀看。弗萊迪凝視他，想起蘇杞弦曾經告訴他的留學體驗。

「在德國留學很辛苦，我知道你常常遇到挫折，而且你的父母也不常跟你聯絡；但是你要相信，將來你一定會成功。」

「真的嗎？」

雖然用的是疑問句，但少年望向弗萊迪的視線飽含信任，年輕的眼神閃閃發亮。

「對，而且……有我在等你。不要難過。」短髮男人輕聲地說：「我愛你。」黑髮少年一愣，有點尷尬地低頭踩了踏板又放開，然後忽然消失在空氣中。

弗萊迪對著空無一人的鋼琴，有點想笑，又忍不住想流淚。

第三次，他見到了和現在模樣差不多的「蘇杞弦」，身穿燕尾服，及肩長髮束在腦後，除了有些透明外，看起來就像平時上台的模樣。

看到「他」時，弗萊迪下意識屏息，不敢出聲破壞這美好的夢。「蘇杞弦」正彈奏一首柔和的曲子，沒有華麗技巧或高低落差極大的音域展現，只是洋溢溫柔而懷舊的氣息。

蘇杞弦的鬼魂彈完一曲，偏頭看他。

「你是誰？」

這次弗萊迪沒有回答，只是小心翼翼地伸出手，不敢觸碰到他，放在鍵盤上。

用右手生疏地彈出《小星星》的主旋律，然後「蘇杞弦」微笑，用左手為他伴奏，就像平時在家裡做的那樣。

一曲彈畢，弗萊迪終於忍不住開口，語氣帶著哀求。

「回來吧，我很想你，我們一起回家。」

輪廓有些模糊的「蘇杞弦」望著身旁男人眼裡的傷痛，幽幽開口。

「……好。」

之後，蘇杞弦的病情竟真的漸漸好轉，終於痊癒。出院時，他忽然對身旁攙扶他的弗萊迪說：「生病期間我做了一個夢，好像看見你了……」

國家圖書館出版品預行編目資料

殺手的小星星變奏曲 / 朔小方著 . -- 初版 . -- 臺北市 : POPO 出版 : 家庭傳媒城邦分公司發行 , 民 105.12,
面 ; 公分 . -- (PO 小說 ; 14)
ISBN 978-986-92586-5-4(平裝)
857.7 105023285

PO 小說 14

殺手的小星星變奏曲

作　　者／朔小方
責任編輯／高郁涵　行銷業務／林政杰
主　　編／陳靜芬　版　　權／李婷雯
網站經理／劉皇佑

總 經 理／伍文翠
發 行 人／何飛鵬
法律顧問／台英國際商務法律事務所　羅明通律師
出　　版／城邦原創 POPO 出版　城邦原創股份有限公司
台北市中山區民生東路二段 141 號 6 樓
電話：(02) 2509-5506　傳真：(02) 2500-1933
POPO 原創市集網址：www.popo.tw　POPO 出版網址：publish.popo.tw
電子郵件信箱：pod_service@popo.tw
發　　行／英屬蓋曼群島商家庭傳媒股份有限公司城邦分公司
聯絡地址：台北市中山區民生東路二段 141 號 11 樓
書虫客服服務專線：(02) 25007718・(02) 25007719
24 小時傳真服務：(02) 25001990・(02) 25001991
服務時間：週一至週五 09:30-12:00・13:30-17:00
郵撥帳號：19863813　戶名：書虫股份有限公司
讀者服務信箱 email：service@readingclub.com.tw
城邦讀書花園網址：www.cite.com.tw
香港發行所／城邦（香港）出版集團有限公司
地址：香港灣仔駱克道 193 號東超商業中心 1 樓
email：hkcite@biznetvigator.com
電話：(852) 25086231　傳真：(852) 25789337
馬新發行所／城邦（馬新）出版集團 Cité(M)Sdn. Bhd.
41, Jalan Radin Anum, Bandar Baru Sri Petaling,
57000 Kuala Lumpur, Malaysia.
電話：(603) 90578822　傳真：(603) 90576622
email:cite@cite.com.my

封面插畫／七生　封面設計／ Betty Cheng
印　　刷／漾格科技股份有限公司
經 銷 商／高見文化行銷股份有限公司
客服專線：0800-055-365　傳真：(02)2668-9790

□ 2016 年（民 105）12 月 19 日初版　Printed in Taiwan.
□ 2017 年（民 106）4 月初版 1 刷

定價／ 320 元
 ISBN 978-986-92586-5-4